Unter dem Pseudonym May Brooke Aweley wagte die neugierige Berlinerin den Sprung von schicksalhaften Geschichten in die Welt der Thriller. Seit ihrer Jugend ist sie dem Ruf ihrer Passion zum Schreiben gefolgt. Ihre Bücher stürmten in kürzester Zeit die E-Book-Bestsellerlisten.

May B. Aweley pendelt zwischen ihrer Wahlheimat Berlin und einer idyllischen Kleinstadt in Niedersachsen, wo sie sich mit ihrer Familie von den Inspirationen der Großstadt zum Schreiben zurückziehen kann.

Ein junges Mädchen ist entschlossen, sich das Leben zu nehmen, als sie plötzlich entführt wird.

Ein Jahr später beginnt eine seltsame Mordserie, die die Verhaltensanalyseeinheit des FBI vor eine ihrer schwersten Aufgaben stellt: einen Täter zu ermitteln, der keine Spuren hinterlässt.

Haben die Fälle etwas miteinander zu tun?

May B. Aweley

Erlöse uns

Thriller

Impressum

Bibliografische Information der Deutschen Nationalbibliothek:
Die Deutsche Nationalbibliothek verzeichnet diese Publikation in der Deutschen Nationalbibliografie; detaillierte bibliografische Daten sind im Internet über http://dnb.dnb.de abrufbar.

Lektorat & Korrektorat: Elke Krüßmann & Aaron K. Archer
Covergestaltung: May B. Aweley & Aaron K. Archer

Bilderrechte © wilqku @ fotolia

Herstellung und Verlag: BoD – Books on Demand, Norderstedt

ISBN: 9783749484447

Für Viktor.
Deine größte Stärke ist Deine innere Harmonie.

» Haltet auch ihr euch bereit!

Denn der Menschensohn kommt

zu einer Stunde,

in der ihr es nicht erwartet. «

[Lukas 12,40]

Lucy Robinson

PROLOG

Newark, 16 km westlich von New York
Freitag, 16.10.2015, vor Morgengrauen

Wenn es Eines gab, dessen sich Lucy Robinson bewusst war, als sie die Tür der Tankstelle schloss, bei der sie seit etwa drei Jahren gearbeitet hatte, dann war es die Art, wie sie in wenigen Stunden sterben würde.

Wir Menschen verfallen gern der Illusion, dass wir unser Leben bestimmen können, bis sich jemand findet, der uns eines Tages diese Kontrolle nimmt. Und alles ändert sich in einem einzigen Augenblick. Was uns heilig war, wird plötzlich unbedeutend … Was für uns bisher an Wert verloren hat, wird auf einmal kostbar. Ein Moment der Unaufmerksamkeit kann Existenzen zerstören, Leben retten, Hass in Liebe verwandeln und uns lehren, wie wunderbar das Leben ist.

Wie bei Lucy.

Zögernd verstaute die junge Frau den Schlüssel in ihrer grünen Leinentasche und zurrte die Jacke mit einem Gürtel ganz fest zusammen. Dann wickelte sie hektisch ein zur Tasche passendes Tuch um ihren Hals und fand das Vorgehen plötzlich irgendwie lächerlich.

Wenn ich für immer eingeschlafen bin, wird es eh egal sein, ob ich mich jetzt erkälte oder nicht, ging es Lucy mit erstaunlicher Nüchternheit durch den Kopf. Für gewöhnlich klapperten die Schlüssel in der Leinentasche recht laut, wenn sie diese nach dem Feierabend so unachtsam hineinwarf. Es lenkte sie von der Stille der nachts erstaunlich menschenleeren Straße ab. Und es gehörte einfach dazu; erzeugte eine gewisse Vertrautheit, falls sie sich für einen Augenblick fürchten sollte.

Aber ausgerechnet heute wurde das Geräusch von unzähligen Schlaftablettenpackungen erstickt, die Lucys Tasche wie einen Dudelsack ausbeulten. Als wollten die Schlüssel so etwas wie einen Hilfeschrei ausstoßen, drang bei ruckartigen Bewegungen hin und wieder doch ein leises Klimpern an ihr Ohr, während Lucy ihr Fahrrad, das hinter der Tankstelle am Gebäude angelehnt war, von der Kette befreite. *Ich arbeite in einer Tankstelle und das Einzige, das ich mir leisten kann, ist ein Fahrrad,* dachte das Mädchen verbittert. *Nicht mal für einen Führerschein würde ich rechtzeitig das Geld zusammenkriegen. Einen, den die meisten Teenager in meinem Alter einfach so von den Eltern bekommen, ohne etwas dafür tun zu müssen.*

Weit und breit gab es nur eine einzige Menschenseele, die Lucys Bewegungen mit starkem Interesse verfolgte und dennoch von ihrem Vorhaben – trotz der ausgebeulten Leinentasche - nicht die geringste Ahnung hatte. Möglicherweise war Lucys Entschluss, ihr Leben zu beenden, der Grund, warum sie sich beide heute an diesem Platz befanden. Wie bei der Jagd fand der Jäger instinktiv ein Opfer, welches aus seiner Sicht den geringsten Widerstand leisten würde.

Und Lucys heimlicher Verfolger hatte bereits seine eigenen Pläne mit ihr.

Derweil schaute das Mädchen das letzte Mal, wie sie glaubte, auf die Tankstelle, die ihr in den drei Jahren so ans Herz gewachsen war. Das Gebäude sollte ihr Geheimnis hüten, das sie heute in Gedanken zum hundertsten Mal formulierte, um sich daran zu gewöhnen. Ihr Blick, den sie noch kurz verweilen ließ, schien Abschied zu nehmen. Dieses Zögern schien auch ihrem Verfolger nicht entgangen zu sein, worauf er einen irritierten Blick auf seine Uhr warf.

Lucy schniefte wehmütig und zupfte den langen Pullover so zurecht, dass dieser die Ritznarben an ihrem Unterarm vollständig verdeckte. Auch wenn sie nicht an ihr bisheriges Leben denken wollte, konnte sie die Gedanken heute nur mühsam kontrollieren. Als hätte ihr Körper den Willen zum Leben noch nicht aufgegeben, lieferte das Gehirn so viele widersprüchliche Bilder, dass es Lucy zum Grübeln anregte.

Denn … Noch bedauernswerter, als sich in einer stillen Oktobernacht allein im Zimmer das Leben zu nehmen, war die Vergangenheit, die Lucy zuteil geworden war.

Die damals ungefähr Dreizehnjährige konnte sich nicht erinnern, ab welchem Tag die Sorgen um die kränkelnde Mutter so stark geworden waren, dass sie den Druck nur durch das Ritzen ihrer Unterarme abzubauen glaubte. Diese 'Maßnahme' half ihr immer nur für eine ganz kurze Zeit. Wenn man Lucys Mutter damals gefragt hätte, woran sie eigentlich litt, hätte man keine zufriedenstellende Antwort bekommen. Erst nach ihrem Tod, vor auf den Tag genau vier Jahren, erfuhr Lucy, dass ihre Mutter zunächst an starken Depressionen gelitten hatte. Später kam ein Krebsleiden dazu. Es war einfach Pech. Um es dem Teenager einfach zu machen, die Krankheit mit all ihren Begleitumständen zu verstehen, erzählte man, dass ihre Mutter an gebrochenem Herzen litt. Doch damit wurde die Situation noch unerträglicher.

Lucy fand dies nicht fair. Sie wurde regelrecht wütend auf ihre Mutter, dass sie sie einfach so verlassen hatte. Auch wenn sie rein theoretisch verstand, dass ihre Mutter ab einem gewissen Punkt in ihrem Leben keine andere Wahl hatte, als zu gehen. Für den tödlichen Verlauf der Krankheit machte sie unbewusst den Missmut verantwortlich, deren Ursache sie letztendlich in sich selbst sah. *Was wäre aus ihr geworden, wenn sie mich nicht bekommen hätte? Wäre sie glücklicher gewesen in ihrem Leben?*, fragte sie sich immer wieder. Und fand keine Antwort. Dann schlug meistens ihr Verlustschmerz in Groll auf sich selbst um. Und sie ritzte sich.

Man hatte sich vergeblich auf die Suche nach einem Vater oder gar anderen Familienmitgliedern gemacht … Einfach Menschen, die die magere und vernachlässigte Minderjährige bei sich aufnehmen konnten. Entweder mangels ernsthafter Bemühungen oder weil es tatsächlich keine Verwandtschaft gab, kam Lucy schließlich in eine Pflegefamilie. Dann in eine andere; dann wieder in eine andere … In den Ersatzfamilien gab sie sich immer recht viel Mühe, 'brav' zu erscheinen. Zumindest so lange, bis wieder Narben auf den Armen sichtbar wurden. Ab da wollte sich keiner mehr eines traumatisierten Teenagers mit einer diagnostizierten Borderline-Störung annehmen.

Das ist nicht fair!, dachte Lucy und dicke Tränen kullerten ihr die Wangen hinunter. *Du durftest mich damals gar nicht verlassen!*, sprach sie in Gedanken zu ihrer Mutter. Diesmal sollte es einer der letzten, zahlreichen Monologe werden, die sie nach ihrem Tod mit ihr geführt hatte.

Es war tatsächlich nicht fair. Lucy konnte sich gut an die Zeit erinnern, als bei ihrer Mutter noch kein Krebs diagnostiziert worden war. Dass es Depressionsperioden waren, darüber hatte man das Kind natürlich nicht aufgeklärt. Wozu auch? Sie war doch 'zu jung dafür'. Während ihre Freundinnen in der Schulzeit fortwährend über Jungs gackerten und die ersten Partys geplant wurden, drehte sich Lucys Leben nur um ihre daheim gebliebene Mutter. Jedes Mal hoffte das Mädchen, sie lächelnd zu erleben, doch spätestens mit dem Öffnen der Haustür wusste sie, dass dies nur eine kindliche Illusion war. Das Einzige, was sich wirklich gelegentlich änderte, war der Ort, an dem ihre Mutter gedankenverloren die Wand anstarrte. Unfähig, sich dem eigenen Kind zu widmen.

Lucy Robinson lernte daher wahnsinnig schnell, dass die Hausarbeit und die Pflege ihrer im Alltag verlorenen Mutter nach und nach ihren Pflichten oblagen. Und irgendwann wusste sie über die möglichen Konsequenzen Bescheid, die sich ergeben würden, wenn sich die Ämter ernsthaft mit der Lage des vernachlässigten Kindes beschäftigt hätten. Um nichts in der Welt wollte sie von ihrer eigenen Mutter getrennt werden. Und das erforderte harte Opfer von dem tapferen jungen Mädchen.

Eines davon, das die heranwachsende Lucy aufbringen musste, war der sukzessive Ausstieg aus dem Klassenverband. In ihrer Schule gab es die 'Coolen', die Lucys Anwesenheit nicht mal im Geringsten registrierten. Für die 'Schlauen' war sie wiederum nicht schlau genug, weil ihr die Zeit zum Lernen und die Passion für die

Wissenschaft fehlte. Selbst für die 'Seltsamen' war sie nicht interessant genug, weil sie durch ihr verantwortungsbewusstes Leben zu schnell reif wurde und ihr dadurch die Gemeinsamkeiten fehlten. Kurzum - Lucys Universum war weit von der Welt der Gleichaltrigen entfernt.

Also beschränkte sie sich darauf, den in der Schule angebotenen Stoff aufzunehmen und was die Noten und ihr gesamtes Wesen betraf, unangreifbar zu werden. Ihre Leistungen wurden durchschnittlich, in den Pausen verschwand sie in den Ecken, die die anderen Schüler nicht interessant genug fanden, um darin zu verweilen. Wenn sich Lucy dort nicht gerade den Fantasien über ein besseres Leben hingab, war ihr einziger Luxus die Flucht in die geheimnisvolle Welt der Bücher. Doch für die Außenwelt verblasste sie.

Wenn man es so nennen konnte, waren die Zeiten, die sie mit ihren Büchern verbrachte, die einzigen Augenblicke, in denen sie sich wie ein Teenager fühlen konnte. Zu Hause angekommen, warteten auf sie die Pflichten eines Erwachsenen. Einer Mutter ihrer Mutter … Daher entlud sich die für das Alter typische Rebellion recht früh im Ritzen der Unterarme, was ihr die Illusion der Kontrolle über ihr Leben verlieh. Und leider auch hässliche Narben verursachte.

Irgendwann hast du doch einfach so aufgegeben! Du bist schuld an meinem heutigen Tod, weil du vor vier Jahren gegangen bist. Weil du mich damals allein gelassen hast! Dein Kind! Wie konntest du nur? Aber nun komme ich zu dir, setzte Lucy verbittert ihren imaginären Monolog mit ihrer Mutter fort. Auch wenn sie sich weigerte, an eine höhere Macht oder so etwas wie einen Gott zu glauben, so wollte irgendetwas ganz tief in ihr drin an den Himmel glauben, in dem sie ihrer Mutter bald begegnen würde.

Es gab so viele unbeantwortete Fragen, die sie versäumt hatte, ihrer Mutter zu stellen … Der Wunsch, so etwas wie eine 'normale' Mutter-Tochter-Beziehung zu führen, begleitete sie in ihre Traumwelt. So, wie sie manchmal die Frau hasste, die ihr einst das

Leben geschenkt hatte, so unerträglich waren die vier Jahre des Lebens ohne sie.

Mittlerweile fuhr das Mädchen mit ihrem alten Damenrad die Straße entlang. Sie fand es deutlich angenehmer, als unerlaubterweise auf dem Bürgersteig zu fahren, weil es keine unerwarteten Wegerhöhungen oder gar Steine gab, die sie die Beherrschung über das Fahrrad verlieren lassen konnten. Auf der Straße musste Lucy nicht mehr so aufmerksam der Beschaffenheit der Fahrbahn folgen. Ihre Aufgabe bestand lediglich darin, die ihren Weg kreuzenden Autos zu beachten.

Im Grunde ist es eh egal, dachte sie nüchtern. *Ob ich von einem Auto überfahren werde oder die Tabletten nehme, spielt keine Rolle. Hauptsache, es ist bald vorbei!* Es schien ihr jetzt seltsam, dass sie diesen so logischen Gedanken nicht bereits vor Schichtbeginn hatte, als die Straße noch mit Menschen gefüllt war, die zum Feierabend nach Hause fuhren.

Vielleicht hätte ich mir das Geld für die vielen Medikamente erspart. Oder meine letzten Minuten sinnvoller verbracht, als die Apotheken abzuklappern … Doch auch Sparsamkeit angesichts des Todes erschien ihr irgendwie absurd. Sie musste plötzlich so stark lachen, dass sie beinah ins Schleudern kam und dadurch abbremste.

Im gleichen Augenblick bemerkte sie das Auto, das ihr folgte.

Es war sonst wenig Verkehr auf der Straße. Sie hätte es früher registrieren müssen, doch so gedankenverloren, wie sie war, war diese wichtige Information lediglich in ihr Unterbewusstsein gewandert. *Um diese Zeit ein Lieferwagen?*, überlegte sie und ein komisches Gefühl überkam sie plötzlich. Mehrfach drehte sie sich zu dem Fahrer hin. Aber nur für einen kurzen Augenblick, dann schaute sie wieder in Richtung Fahrbahn. Einen anderen, durch sie verunglückten Menschen wollte sie dann doch nicht auf dem Gewissen haben.

Die Gegend, in der sie sich befand, war so wenig beleuchtet, dass Lucy nicht erkennen konnte, wer genau hinter dem Steuer saß. Sie dachte, einen Mann identifiziert zu haben. Doch sicher war sie sich da nicht.

Beim Gedanken, verfolgt zu werden, erschauerte Lucy und trat fester in die Pedale. Ihr Rad wurde damit schneller und sie sah, dass sich die Entfernung zwischen ihr und dem sie verfolgenden Wagen vergrößerte. Also trat sie noch stärker durch.

Der Wagen blinkte plötzlich, wie es das Mädchen aus dem Augenwinkel wahrnehmen konnte und es sah, wie der Wagen nach rechts abbog. Lucy entschied sich diesmal, nicht die Abkürzung zu nehmen - aus Angst, dem Fahrer wieder zu begegnen, falls sie ebenfalls nach rechts in die Parallelstraße abbog.

Diesmal nehme ich den längeren Weg. Was soll's?, beschloss sie.

Eine Hoffnung überkam sie so plötzlich, dass sie sich nicht dagegen wehren konnte. Das sie bisher verfolgende Auto erschien ihr wie aus dem Gedächtnis gelöscht. *Wie wäre es, wenn ich es irgendwie doch schaffen könnte?*

Nur, wie sollte sie es schaffen? Sie war im letzten Jahr der High School. Ihre derzeitige Pflegefamilie interessierte sich nicht im Geringsten dafür, dass sie eigentlich Psychologie studieren wollte. Im Gegenteil. Die ihr für die Zukunft erdachte Aufgabe sah vor, zunächst als eine billige Arbeitskraft in der Tankstelle zu arbeiten, um die Pflegeeltern zu entlasten.

Wahrscheinlich war das der einzige Grund, warum sie genau von diesen Menschen ausgesucht worden war: Sie stellte das geringste Risiko dar, dass der irrsinnige Plan nicht aufging. Ein stilles, zurückhaltendes Mädchen ohne etwaige familiäre Einflüsse, das wenig Selbstbewusstsein hatte, sich gegen den Willen der Erwachsenen aufzulehnen. Ihre Zukunft war mit ihrer Aufnahme bei diesen Menschen unweigerlich an die Arbeit in der Tankstelle geknüpft. Für immer. Über die finanzielle Unterstützung für ihr Studium seitens ihrer Pflegeeltern machte sie sich keine Gedanken. Sie würde keine erhalten. Das hatten sie ihr immer wieder unmissverständlich mitgeteilt, als die Idee in ihr aufkeimte.

Und ihr Missfallen äußerten sie bereits, ohne zu wissen, dass Lucy eine Zusage für Rutgers bekommen hatte, der berühmten State

University in New Brunswick, wo sie künftig einen Studienplatz für angewandte Psychologie annehmen könnte.

Könnte …

Natürlich nur dann, wenn sie in kürzester Zeit einen realisierbaren Plan hätte, wie sie allein ein Studium finanzieren könnte. Doch genau das war das Problem. Unterbewusst war es für sie klar, dass sie diesen Platz niemals annehmen würde. Hinter ihr stand keine reiche Familie, sondern eine, die an der Fortführung der Geschäfte deutlich interessierter war als daran, ihr Pflegekind glücklich zu sehen. Und wenn sie ehrlich zu sich selbst war, wusste sie auch, dass es dafür beim besten Willen kein Geld in der Familie gab. *Wenn es rauskommt, dass ich mich beworben habe, werden sie mich ohnehin rauswerfen. Und dann sitze ich erst recht in der Patsche!*

Ihre Lage schien ausweglos zu sein. Im Selbstmord sah die Siebzehnjährige das einzig sinnvolle Ende ihres bisher miserablen Lebens, wie sie fand. Ein Leben ohne Wurzeln … Ein Leben ohne Perspektiven … Ein Leben ohne Studium.

Gerade als Lucy von der Straße wieder auf den Bürgersteig fuhr, um dann das Fahrrad wie gewohnt an der Feuertreppe anzuschließen, sah sie für einen ganz winzigen Augenblick von Weitem, wie in einem ihrem Haus gegenüber parkenden Auto ein Licht aufflackerte. Als säße jemand darin und hätte eine Taschenlampe benutzt. Doch das Licht war so kurz zu sehen gewesen, dass sie sogleich befürchtete, ihr Verstand hätte ihr einen Streich gespielt.

Wer sollte das auch sein? Es war sehr dunkel. Die Mondsichel konkurrierte mit den Sternen. Nicht mal die Hundebesitzer bemühten sich jetzt schon, ihre Häuser für ihre erste Gassi-Runde zu verlassen. Hier und da brannte - nebst der wenigen Straßenlaternen - Licht in den Häusern …

Außer bei Lucy. Das Haus, dessen Fassade längst bessere Zeiten gesehen hatte, war stockfinster. Durch die Dunkelheit erschien das vertraute Domizil beinahe gruselig, sodass das Mädchen wehmütig an die Hollywoodfilme dachte, in denen die Eltern das Ankommen ihrer halbwüchsigen Kinder erwarteten. Die Realität sah für Lucy immer anders aus.

Nicht mehr lange!, zischte sie ganz leise. Mit einer gewissen Genugtuung dachte sie daran, wie ihre Pflegemutter sie an einem der nächsten Tage vorfinden würde.

So schlafend … so tot …

Nicht, dass sie etwas Schlechtes gegen ihre jetzigen Pflegeeltern sagen wollte. Sie waren, wie sie waren: wenig liebevoll oder herzlich. Manchmal sogar recht kalt. Und dennoch waren es die einzigen Menschen in den letzten Jahren, die ihr annähernd so etwas wie familiäres Leben geschenkt hatten und an ihrem weiteren Überleben interessiert waren. Wenn man dabei vergaß, dass die Übernahme der Tankstelle nicht völlig uneigennützig war, dann hätte man eine solche Zukunftsabsicherung sogar als sorgend empfinden können.

Plötzlich durchbrach Katzengeschrei die Stille der Nacht. Lucy erschrak so sehr, dass sie den Lenker des bereits stehenden Fahrrads zur Seite riss und die Balance verlor. Daraufhin begrub das Gefährt sie unter sich. Lucy spürte schlagartig Schmerzen, während sie versuchte zu begreifen, was passiert war. Sie hörte mehrere Hunde in der Nachbarschaft bellen, doch in den Häusern ging kein einziges Licht an.

Vielleicht ist es besser so, dass es keine Zeugen dafür gibt, wie blöd ich mich angestellt habe, dachte Lucy verärgert über sich selbst. Sie ließ einige Minuten verstreichen, bevor sie sich wieder aufrichtete. Nun konnte sie ihre Schmerzen lokalisieren.

»Scheiße! Scheiße!«, fluchte sie leise, während sie sich am Knöchel rieb. Es tat höllisch weh. Der Arm ebenfalls. »Ich bin selbst zum Fahren zu blöde!«

Beschäftigt mit den Folgen ihres Sturzes bemerkte Lucy gar nicht, wie sich die Türen des parkenden Wagens leise öffneten und eine dunkle Gestalt herauskam. Einem aufmerksamen Passanten wäre nicht entgangen, dass es genau der Wagen war, in dem sie zuvor das Aufflackern der Taschenlampe aus der Entfernung bemerkt hatte.

Der Mann sah sich mehrfach nervös um, bevor er leise um sein Auto schlich - einen weißen Sprinter. Trotz des Unfalls, der ihn sichtbar verärgert hatte, war es eine außergewöhnlich ruhige Nacht. Ganz anders als in den letzten davor. Deshalb beschloss er, bei seinem ursprünglichen Plan zu bleiben.

Das Warten vor der Tankstelle, dann die unerwartet langsame Verfolgungsjagd schienen ihn an die Grenzen des Erträglichen gebracht zu haben. Er befand sich längst in einem Adrenalinrausch, unfähig, seinen Tatendrang zu kontrollieren.

»Kann ich dir helfen?«, fragte eine laute, männliche Stimme hinter Lucys Rücken. Das Mädchen fuhr vor Schreck so hoch, dass sie ihre Hand unkontrolliert gegen das Lenkrad schlug und vor Schmerz aufschrie. Ein außerordentlich gut gebauter Dreißigjähriger war wie aus dem Erdboden aufgetaucht.

Der Verfolger merkte es gerade noch rechtzeitig, um sich im Schatten seines Autos zu verstecken. Der junge Mann schien die Bewegung jedoch nicht bemerkt zu haben.

»Es tut mir leid, wenn ich dich… «, hörte er den Mann aus seinem Versteck heraus sagen.

»Alles gut, ich brauche keine Hilfe, Dwayne. Es geht schon!« Lucy presste ihre Leinentasche energisch gegen die Brust, als könnte ihr Nachbar durch den Stoff die Tabletten erkennen, die sie darin versteckt hatte. Als würde er noch das Unausweichliche dieser Nacht verhindern können …

»Sicher?« fragte Dwayne zögernd. Lucy nickte, ohne sich die Blöße zu geben, vom Boden aufzustehen. Auf gar keinen Fall wollte sie, dass ihr die Medikamente durch eine ungeschickte Bewegung aus der Tasche fielen. Und sie ahnte bereits, wie unelegant dies vor ihrem attraktiven Nachbarn aussehen würde.

Der Verfolger traute sich nicht, zu den beiden hinüber zu sehen. Dazu war die Entfernung viel zu gering. Auf keinen Fall wollte er riskieren, gesehen zu werden. Für einige Zeit überlegte er sogar, seinen Plan für heute abzubrechen und an einem anderen Tag umzusetzen. Doch als er hörte, wie sich der Nachbar entschlossenen Schrittes entfernte, verwarf er seine voreilige Idee.

Sie ist es! Schnapp dir die Hure!, hörte er die Stimme in seinem Kopf schreien und registrierte, wie gleichzeitig die Kopfschmerzen einsetzten. Seine Finger krallten sich fester in das Holz eines Hammers, den er für solche Fälle immer dabei hatte. Dass der Nachbar bereits verschwunden sein musste, folgerte er daraus, dass sich Lucy langsam wieder erhob. Er mutmaßte, dass sie es vor 'diesem Dwayne' nicht getan hätte.

Das Mädchen konnte tatsächlich trotz Schmerzen aufstehen. Seine ganze Aufmerksamkeit richtete es wieder aufs Haus, das in diesem Augenblick so finster war. Niemand aus ihrer Pflegefamilie schien davon Notiz genommen zu haben, was direkt vor ihrer Nase passiert war. Was noch passieren würde …

Bei dem Sturz vom Fahrrad vermutete der Verfolger zwar einige Prellungen, an der Stelle konnte er seine berufliche Ader nicht ausblenden, aber Lucy würde keine ernsthaften Verletzungen davontragen. Das wusste er. Von solchen Unfällen hatte er schon einige Dutzend versorgt. Doch keiner ging für die Beteiligten so ernsthaft aus, wie es von Weitem wirkte. Und schließlich war sie auch noch sehr jung; die Knochen hielten einiges aus.

Schnapp sie dir! Die Sünderin! Die Stimme im Kopf wurde unerträglich laut. Er fügte sich, nachdem er sich nochmal vergewissert hatte, dass ihm diesmal keiner in die Quere kommen konnte.

Der Verfolger nahm die Einweghandschuhe aus seiner Jackentasche, streifte sie sich gekonnt über die Finger und stürmte eiligen Schrittes auf Lucy zu, die sich mittlerweile gebückt hatte, um das am Boden liegende Fahrrad aufzuheben.

Einen geeigneteren Moment für seinen Angriff gab es nicht. Das Mädchen war so mit dem leicht verbogenen Lenkrad beschäftigt, dass es seinen Verfolger nicht kommen sah. Ihr blondes, dickes Haar hing nach unten und offenbarte genau die Stelle am Kopf, die er treffen wollte. Sein Glück schien sich zu fügen …

Lucy würde noch nicht sterben! Noch nicht! Aber sie würde auch nicht freiwillig mit ihm gehen. Also musste er es tun.

Worauf wartest du? Schlag die Schlampe nieder!, schrie die Stimme in seinem Kopf, als er bereits mit dem Hammer zum Schlag ausholte. Und es erschien ihm leichter als erwartet, zumal er wusste, welche Stelle er wie stark treffen musste.

*****

»Hilfe«, schrie Lucy, so laut sie konnte, als sie ihr Bewusstsein wiedererlangt hatte. »Hiiiiilfe!« Doch nur Motorengeräusch war zu hören. *Vermutlich hat es wenig Sinn, so laut zu schreien. Es wird mich im fahrenden Auto sowieso niemand hören. Wo bin ich wohl hingeraten?*, dachte Lucy verzweifelt. Der Kopf tat ihr so unheimlich weh, dass sie sich fragte, wie sie darin klare Gedanken fassen sollte.

Im Wageninneren war es dunkel und - sofern sie es beurteilen konnte - recht geräumig. Nur von der Wand an der Fahrerkabine drang das gestreute Licht des Gegenverkehrs hindurch. Wenn sie an die dichter befahrenen Straßenabschnitte kamen, wurde es ausreichend hell, sodass man das Innere des Wagens erkennen konnte. Mühsam versuchte sie die Liegeposition so anzupassen, dass ihre Glieder weniger wehtaten.

Das kommt bestimmt von dem Fahrradsturz, überlegte Lucy, dankbar dafür, dass der Entführer ihren bewusstlosen Körper nicht noch bäuchlings gelegt hatte. Es hätte ihr nicht nur mehr Schmerzen bereitet. In der embryonalen Stellung, in der sie jetzt lag, konnte sie sich die Einzelheiten des Wagens besser einprägen und sich zur Not irgendwie andersherum drehen.

Falls ich je hier rauskomme, werde ich diese Informationen vielleicht brauchen, dachte sie. So hatte sie sich ihr Ableben nicht vorgestellt. *Friedlich einschlafen und nie wieder aufwachen wollte ich. Nicht getötet werden!* Panik ergriff sie.

Lucy versuchte ihre Hände zu bewegen. Keine Chance. Sie waren mit etwas gefesselt, das sich bei jeder Bewegung schmerzhaft in ihre Haut hinein schnitt.

Wahrscheinlich so etwas wie ein Kabelbinder. Den kriege ich garantiert nicht ab, ohne mich ernsthaft zu verletzen. Zu riskant, wenn ich mich später verteidigen muss. Wer weiß, was dieser Irre mit mir vorhat? Sie erschauerte. Nun trat der Wille zu überleben, den sie bisher wieder erfolgreich verdrängen konnte, hervor.

»Nicht so!«, schrie sie und ihre Stimme erstickte im metallenen Korpus des Sprinters. Lucy verspürte Gänsehaut, die nicht nur darauf zurückzuführen war, dass sie auf einem kalten Boden aus Stahl lag.

Nein. Sie hatte entsetzliche Angst.

Da ihre Hände über ihrem Kopf zusammengebunden waren, konnte sie die Fesseln der Füße nicht nach ihrer Beschaffenheit abtasten. Doch sie ahnte, dass sie den Fesseln an den Händen ähnelten. Erst jetzt fiel ihr das seltsame Klappern auf, das hinter ihrem Rücken zu hören war. Ganz vorsichtig drehte sie ihren Kopf um und ein starker Schmerz traf sie bis ins Rückenmark.

Ist etwa mein Kopf verletzt? Wurde ich geschlagen? Na klar wurde ich bewusstlos geschlagen! Wie käme ich sonst in dieses Auto hinein?

Trotz der starken Schmerzen versuchte Lucy ihren Kopf soweit zu bewegen, wie es nur möglich war, um die Geräuschquelle ausfindig zu machen. Sie spürte, wie irgendetwas ihre Haare festhielt, um dann nach einem leichten Ruck ein kleines Büschel auszureißen.

Ich liege in getrocknetem Blut, ging es ihr durch den Kopf. Plötzlich konnte sie aus dem Augenwinkel sehen, was die Geräusche verursacht hatte, sobald der Wagen über Unregelmäßigkeiten der Fahrbahn fuhr.

Es war ihr Fahrrad. *Wer auch immer mich hier reingelegt hat, hat mein Fahrrad mitgenommen. Also alle Spuren der Entführung beseitigt*, dachte sie entsetzt. *Vielleicht hat Dwayne etwas mitbekommen?*

Plötzlich war Lucy sauer auf sich selbst, dass sie ihren netten Nachbarn nur ihrer Eitelkeit wegen so schroff behandelt hatte. *Hätte ich mir bloß von ihm helfen lassen ...* Mit einem Mal erschien ihr die Idee, sich das Leben zu nehmen, so lächerlich, dass sie ihre Tränen nicht mehr halten konnte.

Was war ich blöd, sagte sie sich. *Und nun ist es vorbei! Eine gerechte Strafe!*

Der Sprinter bog plötzlich nach rechts ab, was Lucy schmerzlich daran erfuhr, dass ihr Körper unsanft in Richtung des Fahrrads gerissen wurde. »Ey, das tut weh!«, schrie sie, doch der Fahrer des Wagens reagierte nicht. Das Tempo wurde nach einer Weile dennoch spürbar gedrosselt. Nachdem sie noch einige Kurven gefahren waren, die der Fahrer keinesfalls behutsamer nahm, kam der Wagen auf einem steinigen Untergrund zum Stehen.

Lucy erschauerte. Sie war jetzt bereit zu kämpfen, wenn der Zeitpunkt gekommen war. Angespannt horchte sie, wie sich die Tür des Wagens öffnete.

Pause. Schritte folgten. Die Ladefläche wurde geöffnet und eine Taschenlampe leuchtete hinein. Geblendet vom Licht konnte sie nur erkennen, dass die Person eine Maske trug.

Eine Sensenmannmaske.

Falls Lucy das Herz nicht bereits längst in die Hose gerutscht war, so tat es das jetzt. Dem Sensenmann gegenüber zu treten, dessen Augen erst zum Vorschein kamen, nachdem sich ihre Augen an das Licht der Taschenlampe gewöhnt hatten, war unerträglich.

Sie brauchte einige Zeit, bis ein Hilfeschrei ihre trockene Kehle verließ. »Hiiilfe …«, krächzte sie.

»Hier wird dich keiner hören«, sagte die Gestalt mit männlicher Stimme. Jedes Wort klang für Lucy wie der Hieb einer Peitsche. Sie spürte, wie der Mann ihren Körper mit seinem Fuß zur Wand schob.

»Aua! Was soll das?«, beschwerte sie sich, auf sein Mitleid hoffend. Doch der Mann brach seine Tätigkeit nicht ab. Er schien sie völlig zu ignorieren. Zwar konnte Lucy nicht sehen, was er hinter ihrem Rücken tat, doch das Klackern verriet ihr, dass er das Fahrrad aus der Sicherung befreite.

»Hey! Wenn Sie nur das Fahrrad wollten …« Lucy hörte, wie der Mann die Tür des Sprinters laut zuwarf, ohne abzuwarten, was sie zu sagen hatte. Sie verharrte still.

Eine gefühlte Ewigkeit später hörte sie, wie ihr Entführer laut sprach: »Lasst mich endlich in Ruhe! Die Schlampe wird sterben! Sie hat den Apfel gestohlen. Dafür wird sie büßen!«

»Hiiiiilfe«, schrie Lucy panisch, in der Hoffnung, gehört zu werden. Doch nichts passierte. »Bitte, helfen Sie mir!« Ihre Stimme wechselte zu verzweifeltem Schluchzen.

Wieder passierte nichts.

Plötzlich wurde die stille Nacht von einem plätschernden Geräusch unterbrochen, das ihr bekannt vorkam. Lucy überlegte nicht lange. Er hatte etwas ins Wasser geworfen.

Waren es Beweise? »Hallo? Hallo?« Lucy wurde schlecht, als sie überlegte, dass er das Gleiche bald vielleicht mit ihr machen würde. *Und ich kann kaum meine Hände und Füße bewegen. Ich werde ertrinken!*, dachte sie besorgt.

Die Tür des Sprinters öffnete sich erneut und der Sensenmann kam herein. »Was wolltest du mit so vielen Tabletten, Lucy?«, fragte er beinahe freundlich. »Ich habe sie weggeworfen.«

Das Mädchen war wie paralysiert. *Hat der Verrückte etwa meinen Namen gesagt? Kenne ich ihn?* Nun kannte der Sensenmann sogar ihr Geheimnis. Und wahrscheinlich kam er zurück, um sich ihrer im Wasser zu entledigen. Lucy schloss die Augen, unfähig, sich angesichts der letzten Minuten ihres Lebens zu rühren. Ertrinken war eine der schlimmsten Todesarten, die sie sich vorstellen konnte. Nicht, dass sie sich das nicht als Alternative zum friedlichen Einschlafen für die Ewigkeit vorgestellt hätte. Aber das Bild, welches sie vor dem inneren Auge sah, wenn das Wasser den letzten Atem aus ihrer Lunge herauspresste, erfüllte sie mit unvorstellbarer Angst.

Die jetzt zur Wirklichkeit werden würde.

Der Sensenmann beugte sich über Lucy, um sie in die Mitte der Ladefläche zu ziehen. Er legte einen Arm in der Höhe der Rippen um sie und knetete dabei gierig ihre Brust. Als er sich dessen bewusst wurde, erstarrte er.

»Bitte, lass mich gehen. Bitte …«, flehte Lucy weinend. Der Sensenmann kam ihr viel zu nahe, was sie mit Ekel erfüllte. Seine Maske roch nach dem billigsten Kunststoff, den sie sonst aus den Kinderzeitschriften in der Tankstelle kannte. Oder aus den billigen Spielzeugen, die in einer Ecke der Tankstelle gestapelt waren. Doch noch viel mehr als den Ekel fürchtete sie um ihr Leben.

Anders, als sie erwartet hätte, zerrte der Sensenmann sie keinesfalls aus dem Wagen heraus. Im Gegenteil. Er legte sich so eng an sie heran, dass sie die Wärme seines Körpers durch den Stoff seiner Anziehsachen spüren konnte und begann, ihre Brüste zu drücken. Es tat ihr weh.

»Bitte, lassen Sie mich in Ruhe! Biiitteee!«, schrie Lucy ihren Angreifer an. Sie wusste, dass sie zu wenig Bewegungsfreiheit hatte, sich seiner Berührung zu widersetzen. Und sie ekelte sich so sehr.

»Du bist so widerlich! So ein ungezogener Bub!«, rief der Mann plötzlich so laut in ihr Ohr, dass sie den Nachhall seiner Worte noch lange hören konnte. Sofort ließ er sie los und schob sie wieder an die Wand, ohne dass sie ihm mit ihren Augen folgen konnte. Lucys Schluchzen verwandelte sich in einen unkontrollierten, tierähnlichen Schrei, den Beweis dafür, dass sie mit dieser Situation vollkommen überfordert war.

»Vater unser im Himmel, geheiligt werde dein Name.

Dein Reich komme. Dein Wille geschehe,

wie im Himmel, so auf Erden. Unser tägliches Brot …«,

hörte Lucy den Sensenmann aufsagen, während er sich bereits von der Ladefläche des Sprinters aufrichtete und die Tür wieder zufallen ließ.

Verstört registrierte Lucy, wie sich der Wagen langsam in Bewegung setzte und die Lichter der vorbeifahrenden Autos an der

Wand wieder sichtbarer wurden. Sie war unfähig, sich zu rühren oder gar über ihre Zukunft nachzudenken. In ihrem Kopf herrschte absolute Leere, als hätte man ihren Verstand ausgelöscht. Nur die Tränen, die ununterbrochen an ihren Wangenknochen entlangliefen, zeugten von der Lebendigkeit ihres erstarrten Körpers.

Kapitel 1

Wie lange sie schon unterwegs waren, konnte Lucy beim besten Willen nicht feststellen. Es mussten aber einige Stunden vergangen sein, die sich wie eine halbe Ewigkeit anfühlten. Mittlerweile wurde das karge Innere des Sprinters immer heller – als Zeichen dafür, dass sich die Sonne allmählich am Horizont blicken ließ.

Lucys Verstand lief wieder auf Hochtouren.

Der Typ ist krank. Aber er hat mich nicht getötet! Und er sagt religiöse Dinge auf. Ist das gut für mich? Oder schlecht? Es war nicht so, dass sie keine Erfahrung mit geistig kranken Menschen hatte. Ihre Mutter war das beste Beispiel gewesen. Im Laufe der Zeit hatte Lucy einschlägige Literatur über diverse Abnormitäten der Menschen gelesen. Es hatte sie einfach viel mehr interessiert als die Literatur, die Mädchen sonst in diesem Alter lasen.

Dieses für ihr Alter seltsame Interesse begann mit dem Einsetzen der Pubertät. Sie hatte sich damals auf dem Weg befunden, herauszufinden, welche Welt nun 'richtig' war. Die ihrige, in der sich die Kinder um kranke Eltern sorgten, oder die, in der die Mütter den Kindern Blueberry Pancakes zum Frühstück bereiteten und sie zum Abschied küssten. Irgendwann, viel zu früh für ihre Reife, las sie Artikel über misshandelte und vernachlässigte Kinder, mit panischer Angst, sich selbst darin wiederzufinden.

Besonders ein Artikel über eine Kindesentführung war ihr im Kopf hängen geblieben. Nun versuchte sie sich an die Einzelheiten zu erinnern, die ihr damals so nebensächlich erschienen waren …

Ein Mädchen … Annie hieß sie, glaube ich … Entführt … Sie hat überlebt, weil … Was hat sie damals gemacht? Bedingt durch gleichmäßige Geräusch des Motors des Sprinters, in dem sie gefangen war, musste sie die Gedanken in eine andere Richtung lenken. Um nichts in der Welt durfte sie in Panik verfallen. Angst würde sie blockieren, unfähig machen, zu agieren, wenn es soweit war. Das musste verhindert werden. Mit einem Mal erschien ihr die

Idee, sich das Leben wegen Nichtigkeiten zu nehmen, wahnsinnig fern. Und dumm.

Plötzlich kam die Erinnerung, warum es so gut funktioniert hatte und die kleine Annie die Entführung überlebt hatte. Gewiss nicht nur deshalb, weil die Entführer sich ein eigenes Kind gewünscht hatten. Das hatten sie davor bei zwei anderen Kindern auch getan, deren Körper anschließend stark verwest im Keller gefunden wurden.

Annie hatte damals überlebt, laut der Aussage eines Polizisten, weil sie kooperierte. Obwohl sie damals als junges Mädchen nicht recht verstand, was das Wort bedeutete, blieb es im Kopf so tief verankert, dass sie sich wieder daran erinnern konnte. Das war ihre einzig denkbare Handlungsalternative. Oder zumindest ein Ansatzpunkt.

Und die Chancen stehen gar nicht so schlecht, dass es funktionieren wird, redete sie sich ein. Lucy musste auf die eine geeignete Chance warten. Und aufmerksam sein …

Sie schloss die Augen, um sich wieder auszuruhen. Schlaf förderte Konzentration. Da sie davon nicht genug bekommen hatte, war es notwendig, jede freie Minute zu nutzen.

✳✳✳✳✳

Lucy schlug wieder die Augen auf. Sie war wie benebelt. Während der eigentliche Aufwachvorgang erst eingeleitet wurde, registrierten ihre Ohren bereits, dass sich das Motorengeräusch verändert hatte. Es wurde unregelmäßiger. Zur gleichen Zeit wurde die Fahrweise des Sprinters etwas ruppiger.

Wir sind offenbar am Ziel, dachte Lucy erschrocken. Sie spürte, wie ihr Herz raste. Mit jeder Minute, die das Auto verlangsamt weiterfuhr, stieg auch das Gefühl, als würde man ihr die Kehle zuschnüren.

Ich darf nicht in Panik verfallen … Dann ist alles aus! Ich muss ruhig bleiben. Kooperieren, überlegte Lucy. *Egal, wohin er mich bringt … Da er sich traut, es bei Tageslicht zu machen, werden die Chancen nicht hoch sein, dass man mich dort so einfach befreien kann. Vermutlich hat das Schreien keinen Sinn. Dann lieber… KOOPERIEREN und Energie sammeln …*

Der Sprinter wurde zunehmend langsamer – ein Zeichen, dass sie den Zielort tatsächlich erreicht hatten. Als er anhielt, wurde die Anspannung für Lucy unerträglich. Mittlerweile wusste sie nicht, was sie mehr erschreckte: das leise Rascheln der Blätter unter den Schuhen ihres Entführers mit der Sensenmannmaske oder das laute Pochen ihres Herzens.

Plötzlich öffnete sich die Tür des Lasters und die abscheuliche Maske kam wieder zum Vorschein. Der Mann stieg ein und zog sie am Arm an der Ladefläche entlang -, bis sie ungefähr mittig lag.

»Hör mir mal zu«, sprach er mit fester Stimme. »Wir sind auf meiner Farm. Hier gibt es weit und breit nur Schweine, Hühner und einen Hund. Wenn du schreist oder wegläufst, werde ich nicht zögern, dich zu erschießen und meinen Tieren zum Fraß vorzuwerfen. Haben wir uns verstanden?« Seine Stimme war klar zu verstehen und hatte bizarrerweise etwas Beruhigendes an sich. Sie durfte nichts tun, dann würde ihr nichts passieren.

Lucy nahm allen Mut zusammen und nickte, soweit sie den Kopf am harten Boden bewegen konnte.

»Ich habe es verstanden. Ich werde auch nicht weglaufen. Versprochen«, sagte sie ganz leise. »Darf ich fragen, warum Sie mich mitgenommen haben?« Es fiel ihr nicht leicht, das Wort 'entführt' zu vermeiden. Der Mann trat leicht gebückt in das Wageninnere und Lucy verlor ihn aus dem Blickfeld.

Stille.

Fast hätte sie die Frage erneut und mit einer versucht sanfteren Stimme gestellt, als sie plötzlich die Stimme ihres Entführers hinter ihrem Rücken hörte.

»Ach, Eva, du weißt doch, was du immer wieder tust! Keiner kann dir entkommen. Dafür musst du bestraft werden!«, sagte er so selbstverständlich, dass es Lucy erschauern ließ.

Meint der Irre mich oder eine andere Frau?, überlegte sie. »Hallo? Ich heiße nicht Eva. Mein Name ist Lucy. Lucy Robinson«, sagte sie höflich, um ihn nicht zu verärgern. Dass er sich erneut an sie schmiegen könnte, erfüllte sie mit Ekel. Ebenfalls die Tatsache, dass sie nicht wusste, was er genau hinter ihrem Rücken tat.

Wieder Stille. Für einen Augenblick schien seine Bewegung wie eingefroren. Als würde er überlegen. Lucy merkte, wie stark sie unter Anspannung stand. Ihr Körper zitterte nicht nur vor Kälte.

»Und zur Frau sprach er: Ich will dir viel Mühsal schaffen, wenn du schwanger wirst; unter Mühen sollst du Kinder gebären. Und dein Verlangen soll nach deinem Mann sein, aber er soll dein Herr sein«, betete der Mann die ihr unbekannten Bibelpassage vor. »Genesis«

'Schwanger', 'Verlangen'... Die Worte drangen nur langsam zu Lucy durch. Ihr Herz pochte nun wie verrückt.

»Hören Sie? Ich bin nicht Eva! Ich heiße Lucy«, wiederholte sie. *Hatte der nicht schon meinen richtigen Namen benutzt?*

»Und Adam nannte seine Frau Eva; denn sie wurde die Mutter aller, die da leben«, fuhr der maskierte Mann fort und schnitt so unsanft die Kabelbinder ab, die ihre Füße aneinander gekettet hatten, dass sie aufschrie. »Ihr verdammten Weiber! Für nichts zu gebrauchen!« Seine Stimme nahm einen unangenehmen Befehlston an. »Steh auf!«

Lucy versuchte ihre Beine zu strecken. *Werde ich es schaffen, mich nur mit Hilfe der Beine zu verteidigen? Denn mehrere Möglichkeiten wird er mir nicht geben* ... Durch die Prellungen vom Fahrradsturz und das lange Liegen war ihr Körper insgesamt sehr geschwächt. Sie brauchte sicherlich etwas Zeit, ihre Kräfte wenigstens ansatzweise wiederzuerlangen. Plötzlich spürte sie ein Ziehen von hinten an den Armen, als hätte der Mann versucht, ihr beim Aufstehen zu helfen.

»Au!«, schrie Lucy auf. »Es tut weh!« Dies schien ihn nicht im Geringsten zu beeindrucken.

Als Lucy sich endlich mühsam aufgesetzt hatte, merkte sie, wie ihr etwas Warmes die Stirn entlanglief und beim Heruntertropfen einen perfekt runden, roten Flecken in der Größe eines Quarters auf ihrer mittlerweile sehr dreckigen Jeans hinterließ. Das Mädchen war erstaunt, wie wenig sie diese Tatsache mittlerweile beschäftigte. Aber es entging der Aufmerksamkeit des Entführers nicht.

»Du blutest ja«, stellte er trocken fest und drehte ihren Kopf seitlich um, sodass sie für einen Augenblick hinter den Schlitzen der Sensenmannmaske seine stahlblauen Augen erkennen konnte. Offenbar wollte er sich die Wunde anschauen. Aus der kurzen Distanz erschien ihr die Maske noch grauenhafter. In Schwarz und Weiß gehalten, erinnerte sie Lucy an die üblichen Verkleidungen im Supermarket, die es vor Halloween im Übermaß zu kaufen gab. Und genau so, wie sie es sich vorgestellt hatte, stank die Maske auch.

Das Mädchen versuchte, sich alle noch so unwichtig erscheinenden Einzelheiten einzuprägen. Ihr Entführer trug eine schwarze, gewöhnliche Lederjacke und eine hellblaue, recht dreckige Jeans, wie sie jetzt aus dem Augenwinkel sehen konnte. Bis auf die Sensenmannmaske war nichts an diesem Mann außergewöhnlich bemerkenswert. Nicht mal seine recht schlaksig wirkende Figur.

Erst jetzt, während er seinen Finger zu ihrer Stirn erhob, fiel ihr auf, dass er medizinische Einweghandschuhe trug. Lucy versuchte ungewollt, vor Angst ihre Stirn wegzuziehen.

»Hey. Lass das! Es ist nicht die erste Platzwunde, die ich versorge. Muss während der Fahrt passiert sein … Also los! Ich habe Heftpflaster zu Hause!«, befahl er und drehte ihren Kopf wieder seitlich von sich weg. Dann spürte sie, wie er ihre gefesselten Arme losließ und mit einem Lappen ihre Augen verband.

Lucy begann zu wimmern. »Halt die Klappe!«, brüllte ihr der Mann ins Ohr. »Hier kann dich eh keiner hören. Du bist bei mir. Ich bin dein Herr, wie es einst Gott sagte … Also, halt's Maul, sonst töte ich dich sofort!«

Es klang so, als würde der Mann es wirklich ernst meinen. Lucy verstummte und ließ sich von dem Mann führen. Der Sprinter schien nicht weit weg vom Haus geparkt worden zu sein, weil sie nicht lange über den unebenen Boden gingen. In der Luft hing ein natürlicher Duft von Dung und nassen Blättern, den sie von der ersten Pflegefamilie kannte, die sie für einige Zeit bei sich aufgenommen hatte. Sie befand sich offenbar tatsächlich auf einer Farm. Ihr Entführer hatte also nicht gelogen. Nach der langen Fahrt in dem stickigen Wagen füllten sich ihre Lungen erstmalig mit frischer Atemluft.

Kaum einige Schritte gegangen, packte sie der Entführer wieder fest am Arm. Ohne Erklärung. Lucy hielt automatisch an und hörte, wie eine Moskitonetztür mit einem leisen Quietschen weggeschoben wurde. Sie zitterte vor Angst.

Es dauerte nicht lange und sie wurde ins Innere des Hauses geführt. Der unangenehme Geruch von alten Möbeln vermischte sich mit dem von Urinresten. Es löste bei ihr automatisch einen Würgereiz aus.

»Wo sind wir?«, fragte Lucy kaum hörbar. Für nichts auf der Welt wollte sie die Wut des Sensenmannes wecken.

»Bei uns, zu Hause«, antwortete er beinahe freundlich. »Ich muss mir die Wunde ansehen. Und damit du keinen Unsinn machst, wenn ich dir die Binde abnehme, werde ich dir deinen Arm anbinden.«

Hey, wenn ich 'artig' bin, kriege ich mehr aus ihm raus, bemerkte Lucy scharfsinnig. *Kooperation, bis der geeignete Zeitpunkt gekommen ist.* »Einverstanden, ich werde keinen Unsinn machen. Ich danke Ihnen, dass Sie mir helfen wollen.« *Nur nicht zu dick auftragen, sonst merkt er es.*

»Hinsetzen!«, befahl der Sensenmann. Sie gehorchte und spürte, wie er eine Schlinge um die Kabelbinder ihrer Hände legte, um sie an eine Stange an der Wand zu befestigen. Ein Schauer lief Lucy den Rücken hinunter, doch sie ließ ihre panische Angst nicht erkennen.

Kurz danach wurde ihr die Binde abgenommen. Blinzelnd verfolgte sie, wie der Sensenmann daraufhin das Zimmer verließ, um etwas zu holen. Sie nutzte die Zeit und sah sich um, in der Hoffnung, irgendeine Fluchtmöglichkeit zu finden.

Es gab keine.

Mit beiden Armen an eine uralte Heizung angekettet, saß sie auf einem Hocker, der mindestens genauso alt wie das restliche Mobiliar war. Das Rohr der Heizung sah stabil genug aus, um ihrem Ausbruchsversuch zu widerstehen. *Es wird so nicht gehen,* überlegte sie. *Meine Hände müssen frei sein …*

Vor ihr, in einer unüberwindbaren Entfernung, befand sich eine längliche Couch mit veraltetem, floralem Muster, die das vom satten Rot der Siebziger dominierte Zimmer perfekt ergänzte und zum Ohrensessel mit dem gleichen Bezugsstoff passte. *Hier müssen ganz alte Leute wohnen,* überlegte Lucy. *Vielleicht können die mir helfen?*

Aber nicht nur die Sitzgelegenheiten zeugten von längst vergangenen Zeiten. An einer der seitlichen Wände, die mit einer Tapete aus Bambusgräsern verkleidet war, stand eine Kommode, auf der sich auffällig viele gerahmte Bilder einer Frau mit einem kleinen Jungen befanden. In einigen Rahmen war das Kind zunächst als Baby zu sehen – in den Armen der offenbar zufriedenen Mutter. Die Frau schien in ihrer Jugend sehr schön gewesen zu sein. Andere Bilder zeugten von der Vergänglichkeit der Zeit: Aus dem ehemaligen Baby wurde ein Junge. Auf den entfernten Fotografien konnte man genau sehen, wie das Schicksal irgendwann die Mutter in den Rollstuhl gezwungen hatte. Was Lucy allerdings nur noch schemenhaft wahrnehmen konnte. Auffällig und zugleich aus ihrer Kindheit unangenehm gewohnt erschien ihr, dass eine dritte Person auf den Bildern fehlte – der Vater. *Vielleicht ist dies das Detail, das ich mir ganz besonders merken sollte?,* überlegte das Mädchen.

Lucy gegenüber befand sich ein sehr dunkles Wandregal, in dessen Mitte ein Auslass für die ehemals üblichen Kamine gefertigt worden war. Die Bewohner schienen ein Faible für Sammlerstücke zu haben, denn Kühe aus Porzellan schmückten das Regal genauso zahlreich wie Kreuze, Teller und Vasen. Dicht an der Tür, aus der ihr Entführer gekommen war, stand ein sehr alter Rollstuhl.

Angelehnt – wie ein Relikt aus vergangener Zeit, der keinesfalls unpassend in diesen Räumen erschien. Zusammen mit dem unangenehmen Duft des alten, modrigen Hauses entstand das durchaus stimmige Bild einer Bleibe, in der man Lucy niemals angetroffen hätte.

Doch all das erfüllte sie bei Weitem nicht mit so viel Ehrfurcht wie die überall hängenden Bilder, die unterschiedliche Motive des Christentums darstellten.

»Wer jemanden aufnimmt, den ich senden werde, der nimmt mich auf; wer aber mich aufnimmt, der nimmt den auf, der mich gesandt hat«, hörte sie plötzlich die inzwischen bekannte Stimme zitieren. Sie erschauerte. Ihr Entführer erschien mit zwei Flaschen und Mullbinden, die er sich mühsam mit dem Arm an den Körper geklemmt hatte. »Das steht in Johannes 13, Vers 20 geschrieben.«

»Aha«, stellte Lucy uninteressiert fest.

Die mitgebrachten Mullbinden und eine der Flaschen legte der Mann vorsichtig auf der Lehne der Couch ab. Mit der anderen kam er auf Lucy zu.

»Das ist nur Wasser!« Mit diesen Worten riss ihr der Sensenmann den Kopf an den Haaren in den Nacken. Dann legte er die offene Flasche an ihren Mund. »Trink!«, befahl er, obgleich sich die Flüssigkeit entlang ihres Kinns am Hals vorbei ergoss. Lucy verschluckte sich mehrfach, doch das schien den Entführer nicht sonderlich zu stören. Zwischendurch ließ er ihre Haare immer wieder los, sodass sie den Kopf aufrichten konnte. Sobald sie nicht hustete, wiederholte er sein Vorgehen. »Bis die Flasche leer ist. Verstanden?«

Lucys Augen füllten sich mit Tränen, während sie die Flüssigkeit hinunter zu würgen versuchte. Sie war vor Panik blockiert. Als ob ihr Körper für sie selbst entschied, dass es gegenwärtig keinen Sinn hatte, sich gegen diesen Menschen aufzulehnen. Mit dem letzten Schluck ließ er sie wieder los und wandte sich erneut den Mullbinden und der Flasche zu.

Als Lucy noch die verbliebenen Reste des Wassers aushustete, öffnete der Mann die Flasche und goss die Flüssigkeit auf eine Mullbinde. »Es ist ein Desinfektionsmittel. Ich will deine Wunden reinigen und versorgen. Und keine Angst, ich bin Sanitäter und kenne mich damit bestens aus«, stellte er fest und postierte einen alten Stuhl, der bisher hinter der langen Couch versteckt war, neben sein Opfer.

Kooperation. Kooperation. Dieser Gedanke kreiste wirr in Lucys Kopf umher. *Ein Sanitäter? Die haben doch Mitleid? Sie versorgen kranke Menschen. Ich muss wie er werden. Anders habe ich keine Chance!* Dabei ließ sie die Wundversorgung widerstandslos über sich ergehen.

»Ihre Mutter ... Das ist doch Ihre Mutter, oder?«, fragte sie zaghaft und registrierte, wie ihr Entführer die Arbeit unterbrach. Auch wenn Lucy seine Augen nicht sehen konnte, so war sie sich sicher, einen wunden Punkt getroffen zu haben.

Plötzlich streckte ihr Entführer seine offene Hand in die Höhe. Lucy duckte sich, so stark es die Fesseln an den Armen erlaubten, um einem Hieb auszuweichen und schloss die Augen. Als könnte sie das Unausweichliche damit verhindern … Es klatschte mehrfach, doch sie spürte keinen Schmerz. Es klatschte erneut, worauf Lucy die Augen schlagartig öffnete.

»Böser Bub, hat ganz böse Sachen gemacht! Der Teufel wird ihn holen!«, wiederholte der Sensenmann und schlug mit flacher Hand peitschend gegen seinen eigenen Kopf.

Es war verrückt! Immer wieder. Dabei fiel ihm das Desinfektionsmittel aus der Hand und ergoss sich in einer großen Pfütze auf den Teppich. Eine der Mullbinden fiel hinein. Die andere, die er in der Hand hielt, flog in einem großen Bogen in Richtung Wand. Die Situation war so bizarr, dass Lucy sich zwang, nicht in hysterisches Lachen zu verfallen.

Gleichzeitig erschauerte ihr mit Adrenalin vollgepumpter Körper. *Scheinbar ruft die Erinnerung an seine Mutter irgendetwas in ihm hervor.* Ob das für sie günstig war, vermochte sie nicht zu sagen. Daher beobachtete sie weiter.

So unerwartet, wie dieser Spuk angefangen hatte, so abrupt endete er auch. Der Mann vergrub sein maskiertes Gesicht in den Händen und schwieg.

»Meine Mutter ...«, begann Lucy noch zaghafter als zuvor. Ihr wurde schwindelig. Als hätte sie Alkohol getrunken. »Meine Mutter sitzt auch im Rollstuhl ...«, begann sie mit einer Lüge und hoffte, dass der Mann seine Hausaufgaben nicht allzu gründlich gemacht hatte. Sie dachte dabei an ihre Nachbarin, Mrs. Sawyer. Es handelte sich um keine nette Frau und sie hatten nur gelegentlich Kontakt, doch sie benutzte den gleichen Eingang wie ihre Eltern ins Haus. Mit etwas Glück hatte ihr Entführer die ältere Dame, die nur mit sehr viel Mühe als ihre Mutter durchgehen konnte, gesehen.

Der Sensenmann schwieg. Lucy wurde zunehmend schwindeliger.

Vielleicht war es keine gute Idee, es so darzustellen, überlegte sie nach einer Weile, als sie plötzlich seine wispernde Stimme hörte.

»Ich habe sie geliebt ...«

Das Mädchen konnte es kaum fassen. Es war das erste Mal, dass sie diesen Mann dazu brachte, mit ihr einen halbwegs 'normalen' Dialog zu führen. *Bingo, ich habe den wunden Punkt gefunden!*, freute sie sich innerlich in tiefer Dankbarkeit an den Artikel über Annie. *Kooperation. Alles wird gut*, sagte sie sich, als ihr Körper unerwartet schlapp wurde. Plötzlich erschien ihr all das, was ihr widerfahren war, überhaupt nicht mehr schlimm.

»Hey, eigentlich mag ich dich. Selbst die Maske sieht irgendwie geheimnisvoll aus. Sexy ...« Lucy blinzelte ihren Entführer verführerisch an, der die einsetzende Wirkung der K.o.-Tropfen interessiert beobachtete. Es dauerte nicht mehr lange, dann gähnte sie. Mehrmals.

»Hey, Cowboy! Was ist mit di ...« Lucys Stimme verstummte. Sie rutschte zusammengesackt von dem Sitz.

Ihr Entführer lebte auf. »Oh, wunderbar. Das Zeug, das ich dir ins Wasser getan habe, scheint zu wirken. Wurde auch langsam Zeit!« Es klang so, als würde er es seinem Opfer erklären wollen.

Als wäre nichts passiert, holte er eine große Schere aus der Anrichte, schnitt die Fesseln seines Opfers durch und ließ es so auf die Erde fallen, wie es der schlaffe Zustand des Mädchens zuließ.

»Du wirst es gar nicht spüren, Eva«, sagte er mehr zu sich selbst als zu ihr. »Doch nächstes Mal werde ich eine deutlich geringere Menge des Mittels wählen. Es wäre doch zu schade, wenn wir nicht beide das Gleiche genießen können … Mutter wird es nie erfahren, das schwöre ich dir! Nun füge dich deinem Adam!« Mit diesen Worten hob er den kraftlosen Körper des Mädchens vom Boden auf und trug ihn in sein Kinderzimmer hinauf.

Kapitel 2

Das grelle Licht war so stark, dass es durch Lucys geschlossene Lider hindurch drang. Es war ihr unmöglich, weiterzuschlafen. Was ihr Gehirn bisher registriert hatte, war, dass sie auf einer weichen Unterlage lag. Ihre Sinneswahrnehmung drohte trotz geschlossener Augen vom Übermaß an Informationen zu explodieren. Lucy spürte mit einem Mal nur einen einzigen, großen Kopfschmerz. Nein, sie spürte es nicht nur. Sie war ein Teil ihres Kopfschmerzes.

Vorsichtig drehte sie ihren Kopf zur Seite - weg von der Lichtquelle. Ihre Hände und ihre Beine waren fixiert - nur nicht mehr aneinander, wie während der Fahrt. Diesmal waren sie gespreizt und straff zur Seite gezogen, daher konnte die Kopfbewegung nur geringfügig ausfallen, ohne dass es wehtat. Lucy versuchte ihre Augenlider zu öffnen.

Ihr gegenüber auf einem Stuhl saß eine Gestalt, die ihr seelenruhig beim Schlafen zusah. Durch das Blinzeln der Augen konnte sie sie nicht sofort erkennen. Lediglich die Konturen. Die bereits grausam vertraute Maske fiel ihr sofort auf.

Der Sensenmann.

Panik ergriff sie. Zwar konnte Lucy nicht besonders klar denken oder sich gar an die vergangenen Stunden erinnern, doch die Erkenntnis, dass sie fliehen sollte, beherrschte ihre Gedanken wie die einer Besessenen. Die K.o.-Tropfen wirkten nach – inklusive des temporären Gedächtnisverlustes des vergangenen Abends.

Und dennoch konnte sie sich an ein Wort erinnern, warum auch immer. *Kooperation* spukte ihr im Kopf herum. Angestrengt schloss sie die Augen und versuchte sich von den Fesseln zu befreien.

Etwas war geschehen, doch sie wusste nicht, was. Sie konnte sich an die vergangenen Stunden nicht erinnern. Und das machte ihr Angst.

»Als du geschlafen hast, war ich an dem Ort, wo du wohnst. Ich sah deine Mutter, wie sie die Straße in einem Rollstuhl entlang fuhr.

Sie wirkte so …«, der Sensenmann ließ die Stimme sinken, »…so … unbeholfen … Ich glaube, sie braucht dich.«

Mutter, Rollstuhl, unbeholfen … Lucy überlegte krampfhaft. *Meint er etwa meine Nachbarin, Mrs. Sawyer? Glaubt dieser Bastard, sie wäre meine Mutter?*

»Meine Mutter … «, brummte sie. Selbst ihr Mund war zu schlapp, mehr Erklärungen abzugeben.

»Mutter schimpfte mit mir, dass das nicht geht. Ich darf dich nicht bei mir behalten, weil du gebraucht wirst. Du bist die falsche Eva, sagt sie. Du bist unberührt gewesen …«

Lucy spürte einen Kloß im Hals. Jetzt, nachdem der Mann es ausdrücklich erwähnte, spürte sie ein Brennen im Vaginalbereich.

Nein, er hat doch nicht … Tränen liefen ihr übers Gesicht. Sie fühlte sich plötzlich so gedemütigt, mit diesem fremden Mann darüber zu sprechen, dass sie bisher noch keinem Jungen erlaubt hatte, sie zu küssen, geschweige denn sie anzufassen. Das Gefühl der aufsteigenden Scham überkam sie plötzlich und drohte sie zu ersticken. *Was hat dieses dreckige Schwein mit mir gemacht?*, fragte sie sich, wagte aber nicht, ihre Gedanken laut auszusprechen.

Als würde das etwas an dem ändern, was vorgefallen war, während sie schlief. Als könnten ausgesprochene Gedanken die gegen sich selbst gerichteten Vorwürfen verstärken. *Warum bin ich überhaupt zur Arbeit gegangen und habe mich nicht krank gemeldet? Warum habe ich zugelassen, dass ich hier bin?* Lucy wollte stark sein, doch die Tränen ließen sich nicht mehr aufhalten.

Und … Was habe ich alles zugelassen?, fragte sie sich und hob den Kopf, um sich der bitteren Wahrheit zu stellen. Ihr Blick wanderte von den nackten Brüsten hinunter zum Unterleib, welcher mit ihrem Tuch zugedeckt war, wie sie schlussfolgern konnte. Auch wenn sie nicht besonders viel unterhalb ihres Bauches sah, so glaubte sie, rote Farbe zu erkennen.

Rot wie Blut.

Sie war nackt, gefesselt und mit ihrem Tuch zugedeckt, auf dem Blut zu sehen war.

»Was hast du mit mir gemacht?«, schluchzte sie leise. Einem Außenstehenden wäre diese Szene herzzerreißend erschienen. Lucy wirkte so verletzlich, so jung.

In jedem Menschen hätte sie Beschützerinstinkte geweckt.

Nur nicht bei dem maskierten Mann, der noch für einen letzten Augenblick seinem Opfer zusah, als wollte er Abschied nehmen.

»Ich darf dich nicht bei mir behalten, weil du daheim gebraucht wirst. Du bist nicht meine Eva«, wiederholte er. »Morgen werde ich dich nach Hause bringen, damit du dich um deine arme Mutter kümmern kannst. Schlaf jetzt!«, befahl er. Dann stand er auf und ging wortlos aus dem Zimmer, nachdem er das Licht ausgeschaltet hatte.

Der Raum füllte sich mit Dunkelheit. Es tat Lucy gut, nicht mehr gegen die Helligkeit anzukämpfen. Das Kopfweh schien zu vergehen. Sie bewegte vorsichtig ihre Hände, die allmählich taub wurden.

Fest. Sie sind sogar ganz fest. Dagegen kann ich gar nichts ausrichten. Sie lag wie auf dem Präsentierteller eines Irren und war auf seine Gnade angewiesen.

Lucy wollte nicht schlafen.

Sie wollte weg.

Sofort.

Kapitel 3

Newark Wayne Community Hospital
Freitag, 23.10.2015, 11.00 Uhr

Als Lucy Robinson diesmal ihre Augen öffnete, registrierte sie die Krankenschwester sofort. Im Hintergrund konnte man das monotone Geräusch der Überwachungsgeräte wahrnehmen, dank welcher sie die Intensivstation verlassen und zur Beobachtung auf eine normale Station wechseln konnte.

Zum zweiten Mal an diesem Tag wechselte man die Verbände bei der neuen Patientin. Der peniblen Krankenschwester war aufgefallen, dass die Kollegin der Nachtschicht nicht ganz so sorgfältig gewesen war wie sie selbst. Sie schien den Schorf beim Verbandwechsel etwas angerissen zu haben, weshalb sich die Mullbinde unter der Decke langsam mit frischem Blut vollgesogen hatte und nun recht unappetitlich aussah.

Na wunderbar, als hätte ich nicht schon genug zu tun!, dachte die Schwester verärgert. Der vorherige Streit mit ihrem fast schon erwachsenen Sohn, Daniel, geriet langsam in Vergessenheit. Dringend musste sie nun in den Arbeitsmodus umschalten. Nach einem erneuten Blick zur Patientin erkannte sie, dass ihre Augen immer noch offen waren, woraufhin die Krankenschwester plötzlich lächelte, um auf diese Art Trost zu spenden.

Die Kleine hatte so viel mitgemacht, dass sie etwas Herz verdient hat. Und sie ist nicht Dan! Automatisch nahm sie Lucys Hand in ihre eigene, bevor sie ein Pflaster auf die frisch gewechselte Mullbinde klebte. Unter dem Druck der Berührung zuckte Lucy unwillkürlich zusammen. Dennoch hielt die Krankenschwester ihre Hand fest. Es war ihre innere Überzeugung, dass es ihren Patienten besser gehen würde, wenn man sie nicht losließ. Nach einem Aufenthalt auf der Intensivstation ersetzte diese Geste manchmal den fehlenden Besuch der Familie.

Dieses arme Mädchen scheint auch keine Angehörigen zu haben. »Hallo, Lucy. Ich bin Schwester Avery. Du bist im Newark Wayne

Community Hospital – seit gestern auf der Abteilung für Inneres. Wie fühlst du dich?«

Zuerst schwieg Lucy, als ob sie ernsthaft über diese Frage nachgedacht hätte, wie es ihr gehe.

»Danke, gut«, krächzte sie dann. »Wo bin ich …?«

»Oh, in einem Krankenhaus nördlich von Newark, Liebes«, erklärte die Krankenschwester geduldig, ohne zu erwähnen, dass Lucy die Frage schon mehrmals gestellt hatte. Jedes Mal, wenn sie für kurze Zeit die Augen öffnete, um sie dann bei der Antwort wieder zu schließen.

»Was ist passiert?«, fragte das Mädchen so antriebslos, dass es Schwester Avery Tränen in die Augen trieb. Sie war sich nicht sicher, ob das Mädchen die Wahrheit schon vertragen würde, doch irgendjemand musste es ihm sagen.

»Ein altes Ehepaar fand dich in der Nähe der Autobahn von Newark. Du warst stark dehydriert und unterkühlt …«, antwortete die Schwester. *Und vergewaltigt worden*, ergänzte sie in Gedanken, »… und auch verletzt. Wir vermuten, dass du einige Stunden an dieser Stelle gelegen hast, bevor man dich fand.« Bei der Erklärung versuchte sie die längst verheilten Narben der geritzten Arme des Mädchens zu ignorieren.

»Da du offenbar etwas Traumatisierendes erlebt hast, konntest du uns bisher nicht sagen, was passiert ist. Polizisten waren oft da, um eine Aussage aufzunehmen. Doch bisher konntest du dich an nichts erinnern, sofern du überhaupt für eine kurze Zeit wach warst. Hin und wieder erleben wir, dass unsere Patienten an Amnesie leiden, wenn sie etwas erlebt haben, das ihre Seele nicht verkraftet hat. Das ist also normal und du bist bei uns in guten Händen.«

»Aha«, sagte Lucy gleichgültig.

Plötzlich schossen ihr schreckliche Bilder vors innere Auge … Bilder, die ihr so viel Angst machten, dass ihr Herz zu hämmern anfing. Eines der Geräte im Hintergrund begann bedrohlich zu piepen, was wiederum Schwester Avery erschreckte.

Was bin ich für ein Idiot, es der Patientin zu erzählen?, ärgerte sie sich über sich selbst. *Und das nur, weil ich im Moment mit Dan nicht klarkomme? Ich kann mich nicht vernünftig auf die Arbeit konzentrieren …*, schimpfte sie in Gedanken. Tief im Inneren wusste sie, dass der Ärger nichts bringen würde. Ihr Sohn war schon längst aus dem Alter heraus, in dem sie Kontrolle über ihn hatte. Nun blieb zu hoffen, dass sie in der Erziehung nicht vollständig versagt hatte und der Junge schnell den 'richtigen Weg' finden würde.

»Sensenmann …« Lucy riss Schwester Avery unerbittlich aus der eigenen Gedankenwelt zurück. Als das Mädchen dabei noch am ganzen Körper zu zittern begann, schien der sonst beherrschten Krankenschwester die Situation zu entgleiten.

»Sch, sch, sch …«, sagte Avery behutsam.. »Sch, sch, sch, alles ist gut. Du bist in Sicherheit, Lucy.« Sie strich der Patientin mit der Hand übers Gesicht. Ihr Sohn war fürs Erste aus ihren Gedanken verbannt. Zugleich bereute sie von ganzem Herzen, mit dem Mädchen über den Grund ihres Aufenthaltes hier gesprochen zu haben.

Es wird mich wahrscheinlich noch den Job kosten, wenn das jemand erfährt. Nur die Polizei sollte das tun! Die sind dafür besser ausgebildet. Was hat mich bloß geritten, es ihr zu erzählen?, dachte sie mit steigender Sorge um die Patientin.

Noch ehe weiteres Personal das Krankenzimmer stürmen konnte, registrierte Avery, wie sich offenbar durch ihre Worte die Frequenz des piependen Gerätes veränderte. Es war immer noch nicht gut, aber nicht mehr so chaotisch wie zuvor.

»Sch, sch, sch …«, wiederholte sie, um den Effekt zu verstärken.

Und tatsächlich. Als die Tür aufging und der diensthabende Arzt darin erschien, war der Herzschlag der Patientin weitgehend normal.

»Dr. Warren, ich bin schon die ganze Zeit bei der Patientin. Sie ist bereits seit über zehn Minuten wach.« Avery versuchte ihre Zerstreuung zu verstecken, während der Arzt die korrekte Funktionsweise der Geräte überprüfte. Der leicht abstehende

Bauch des studierten Glatzkopfes war ihm dabei fortwährend im Weg.

»Mein Name ist Doktor Warren. Ich bin heute für Sie zuständig«, sprach er seine Patientin an. Dann warf er einen flüchtigen Blick auf die Patientenakte, wechselte wispernd einige Sätze mit Schwester Avery und wandte sich erneut Lucy zu.

»Ist alles in Ordnung?«

Augenblicklich wich die Spannung aus Lucys Körper, als hätte die gemütliche Stimme des Mannes sie wegradiert. Der Arzt registrierte es zufrieden.

»Es war … es war … nur ein Albtraum«, stotterte das Mädchen, das ganz sicher nicht mit einem Mann darüber sprechen wollte, was vorgefallen war.

»Fühlen Sie sich in der Lage, mit der Polizei zu sprechen? Sie wollen Ihnen einige Fragen stellen. Aber natürlich nur, wenn Sie stark genug sind …« Als das Mädchen nicht reagierte, fügte er hinzu: »Manchmal kann es helfen, darüber zu sprechen. Möglicherweise kommen Ihre Erinnerungen wieder …«

»Ich kann es … versuchen …«, entgegnete Lucy wispernd.

Die Miene des Arztes erhellte sich. »Sie warten schon vor der Tür. Durch Ihren …«, er überlegte, wie er die Worte verpacken sollte, ohne die Patientin aufzuregen, »… Zustand ist es notwendig, dass sie Sie so schnell vernehmen können, wie es nur geht.«

Lucy nickte zustimmend.

»Ach, fast hätte ich das Wichtigste vergessen. Ihre Pflegeeltern warten bereits. Soll ich sie zuerst hineinbitten? Vielleicht brauchen Sie etwas Unterstützung, bevor wir der Polizei Bescheid sagen? Als diensthabender Arzt kann ich es so entscheiden …«

Lucy nickte erneut, obwohl sie nicht wirklich sicher war, ob sie bereit war, ihre Pflegeeltern sehen zu wollen. Wie würden sie auf ihren Zustand reagieren?

Sie war zu nichts entschlossen.

Als Dr. Warren das Krankenzimmer verließ, um ihre Pflegemutter zu holen, begradigte Schwester Avery ihre Decke. *Als wäre es so wichtig, dass ich einen guten Eindruck erwecke,* dachte Lucy und staunte darüber, wie gleichgültig ihr das war. Beim Rausgehen drehte sich die Krankenschwester noch einmal um und lächelte das Mädchen an. Dann verließ sie den Raum, um weitere Patienten zu versorgen.

Lucy war wieder allein im Krankenzimmer. Nur das gleichmäßige Piepen des EKGs zeugte davon, dass sie lebte. Sie wusste auch nicht, ob sie dieses Geräusch beruhigte oder ob sie wünschte, man hätte sie sterben lassen.

Rot. Blut. Nackt. Tuch.

Viel Blut.

Plötzlich kam die Erinnerung daran, was passiert war, zurück. Traurigkeit überkam Lucy so unerwartet, dass sie das gleichzeitige Aufkeimen der Wut in ihrem Inneren übersah. Ein neues Gefühl, dessen Nährstoff ihre verletzte Scham war.

Du widerliches Schwein, was hast du mir angetan? Sie verspürte den Drang, den Sensenmann anzuklagen … Auch wenn es 'nur' ein Dialog in ihrem eigenen Kopf war. Das zutiefst verletzte Kind in ihr wollte die Antwort nach dem *'Warum ich?'* finden …

Die Tür zum Krankenzimmer öffnete sich und ihre Pflegemutter trat ein. Obwohl Lucy eine Umarmung viel mehr gebraucht hätte, als sie es vor sich selbst zugeben wollte, blieb sie still und beobachtete ihren Besuch.

Fremd, war das einzige Wort, das ihr dazu einfiel. Als würden sie irgendwie nicht mehr zusammengehören …

»Hi.« Lucys Pflegemutter ergriff das Wort. »Sie sagen, sie wissen nicht, was passiert ist. Also?«

Das Mädchen schwieg, ohne die blond gefärbte Frau, die ihr doch recht vertraut war, aus den Augen zu lassen. Ihrer Pflegemutter konnte man förmlich den Zigarettenmissbrauch von der aschfahlen

Haut ablesen, wenn sie nicht wie heute im Übermaß geschminkt war.

Und dennoch … Sie wirkte wie ein Magnet, weil sie wusste, mit Menschen so umzugehen, wie man es von einer 'guten Ehefrau und Mutter' erwartete. Dieser 'Zauber' hielt allerdings meist nur so lange an, wie sie die Menschen für ihre Zwecke benötigte. Geriet ihr Gegenüber in eine Art Abhängigkeit, bei der sie die Oberhand behielt, änderte sie sich schlagartig. Sie wurde kalt.

Sehr kalt. Wie jetzt -, als sie ihr Pflegekind ansah und Antworten erwartete, ohne eine Regung zu zeigen.

Lucy schwieg und das ärgerte damit ihre 'noch' Erziehungsberechtigte richtig.

»Weißt du eigentlich, was es uns kostet, dass du hier herumliegst, Mädchen?« Lucy schwieg immer noch.

»Also gut, Fräulein! Du brauchst mir nichts zu sagen. Ich habe es schon längst gefunden!« Der Ton der Pflegemutter wirkte bedrohlich. Sie warf einen Brief auf Lucys Bett. Als das Mädchen die Adresse erkannte, wandte es seinen Blick ab. Dennoch konnte es spüren, in welche Rage es diese Frau versetzt hatte.

Doch das war Lucy egal. *Nicht hier, nicht heute …*

»Du brauchst nichts mehr zu sagen, Lucy. Von deiner Zusage für Rutgers weiß ich Bescheid. Und ja, ich habe selbstverständlich über die tolle State University in New Brunswick gegoogelt.« Die Stimme ihrer Pflegemutter wurde nicht lauter. Nur noch bedrohlicher. Sie schien in ihrer Wut nicht mehr zu bremsen zu sein. »Du wusstest, dass wir es nicht dulden würden, nicht wahr? Wie hast du dir das vorgestellt? Dass die Tankstelle, unsere einzige Altersvorsorge, für dich den Bach runtergeht? Das hättest du gern! Wir haben dir alles gegeben; dich mit offenen Armen aufgenommen. Und das ist der Dank? Du läufst einfach weg? Ist das wirklich der Dank, den man den Menschen entgegenbringt, die das Kind einer toten Irren bei sich aufnehmen? Sag mal, schämst du dich nicht? Hast du dir all das selbst ausgedacht? Na bravo! Und nun hast du das harte Straßenleben kennengelernt und erwartest vielleicht, dass wir dich wieder mit offenen Armen aufnehmen? Nur, weil dich irgendein Kerl rausgeschmissen hat?«

Lucy starrte ihre Pflegemutter mit weit geöffneten Augen an. Ihr war plötzlich klar, dass die Frau, die ihr gegenüber saß, keine Ahnung hatte, was in den letzten Tagen mit ihrem Pflegekind passiert war. Sie dachte offensichtlich, dass das Mädchen weggelaufen sei, weil es Angst hatte zuzugeben, dass sie an der Universität aufgenommen wurde.

Noch nie empfand Lucy so viel Enttäuschung einem Menschen gegenüber, der ihr eigentlich vertraut hätte sein müssen. Sie beobachte, wie die Wutfalten das Gesicht dieser Frau zum Nachteil veränderten, während sie sich über eine Wahrheit ereiferte, die sie sich zurechtgelegt hatte.

Lucy war unfähig zu antworten, obwohl sie sich darüber im Klaren war, dass es von ihr erwartet wurde. Mit jedem Atemzug wurde ihr Atem flacher, als wollte sie damit den Schwall der ungerechten Worte stoppen, der wie eine kalte Dusche auf sie niederprasselte. Ohne dass sie etwas dagegen tun konnte.

Du gibst mir die Schuld?, fragte sie sich verzweifelt. *Du weißt nicht, was passiert ist, aber für dich steht die Schuldfrage schon fest?* Die Ohnmacht schlug immer mehr in ein Gefühl tiefster Verletzung um. *Was habe ich bloß erwartet, ich Idiot? Dass sie mich mit offenen Armen empfängt? Wie eine Mutter es tun würde?* In Lucys Gedanken mischte sich Bitterkeit. Zu erkennen, dass es wirklich niemanden gab, der ihr Glauben schenken würde, versetzte ihr einen Stich. Nun drang in ihr Bewusstsein ein, wie stark sie vom Leben betrogen worden war.

Warum hat er mich bloß nicht umgebracht? Diese Feststellung war selbst für Lucy plötzlich so erschreckend, dass ihr Herz zu pochen begann. Alles, wofür es sich für sie bisher zu kämpfen gelohnt hatte, verschwand. Der Ausdruck im Gesicht ihrer Pflegemutter begann sich zu wandeln, als sie ihr Pflegekind ansah.

Die Überwachungsgeräte im Hintergrund fingen ohne Vorwarnung unregelmäßig zu piepsen an. Nun konnte man den

Übergang vom stark verärgerten zum erstaunten Ausdruck der Pflegemutter erkennen.

Lucy nahm noch ihre überflüssige Frage »Ist alles in Ordnung?« wahr, bevor sie in die Dunkelheit wechselte und in den frisch aufgeschüttelten Kissen im sterilen Krankenzimmer des Hospitals in Newark versank.

Dass sich die Türen öffneten, dass mehrere Krankenpfleger in den Raum gestürmt kamen und jemand ihre Pflegemutter unsanft zur Seite schob, um den 'Notfall' zu versorgen, bekam das junge Mädchen nicht mehr mit.

Die Offenbarung

Kapitel 4

Ein Jahr später, New York
Samstag, 22.10.2016, später Abend

Josh McMelma wandte den Blick von den bereits seit unzähligen Stunden aktiven Bildschirmen ab. Um seine Augen zu entspannen, schaute er dann auf seine ergonomisch geformte Tastatur, an der er jeden Tag arbeitete.

Es war ein langer Arbeitstag gewesen, denn die Aufgabe, die der New Yorker BAU, einer kleinen Spezialeinheit für Verhaltensanalyse des FBI, übertragen worden war, war nicht leicht durchzuführen. Zudem kratzte es gewaltig am Ego des besten IT-Spezialisten, den die Einheit zu bieten hatte, Menschen auszuspionieren. Erst recht, wenn seine Schnüffelei zum großen Teil für politische Auseinandersetzungen auf der Ebene der Wahlkandidaten für das Weiße Haus benötigt wurde. Sich durch die dreckige Wäsche offenbar unschuldiger Menschen zu wühlen und dabei keine Spuren zu hinterlassen, strengte ihn in mehrfacher Hinsicht an.

Ein Lächeln huschte über sein Gesicht, als er ein in Silber gerahmtes Bild von zwei wunderbaren Menschen über der Tastatur erblickte. Emily, seine Ehefrau, hielt ihre gemeinsame Tochter Annie im Arm. Es waren seltene Fotos, auf denen seine Frau es ausnahmsweise ertrug, ungeschminkt zu sein. Daher waren sie umso kostbarer. Das Baby hielt in der winzigen Hand einen Finger seiner Mutter und schlief friedlich, während Emily gespielt verärgert in Richtung ihres Mannes schaute, der sie in diesem Moment abgelichtet hatte.

Josh fühlte sich an jenen Ort versetzt, an dem die Aufnahme damals entstanden war. Es war ein schöner Spätsommertag gewesen. Seine wunderschöne Latina sah so verführerisch darauf aus, dass es Josh augenblicklich schmerzte, am gemütlichen Samstagabend nicht bei seiner kleinen Familie sein zu dürfen.

Sieben Uhr, sicherlich wird Annie jetzt gebadet …, dachte er und bildete sich ein, den wohligen Duft seines Babys wahrzunehmen. Josh schloss die Augen und genoss den Augenblick, der ihm in letzter Zeit so selten zuteil wurde, in seiner Fantasie.

»Es tut mir leid. Doch sie haben keinen besseren als dich, Josh.« Die Stimme Scott Goodwins, des Leiters der BAU, unterbrach Joshs Gedanken und bewirkte, dass der IT- Spezialist erschrocken hochfuhr. Er versuchte sich zu sammeln.

»Sorry. Störe ich gerade?« Scott entging die Zerstreuung seines Mitarbeiters nicht. Plötzlich wirkte der sonst beherrschte Chef verlegen. Vielleicht deshalb, weil gerade er sein Team von der Notwendigkeit kleiner Pausen während der Arbeitszeit zu überzeugen versuchte. Und als es endlich mal gelang …

»Nein, alles in Ordnung, Scott. Habe nur die Augen entspannt«, antwortete Josh eine Spur zu hastig, als dass es noch hätte glaubhaft erscheinen können. »Was gibt's?«

»Ich muss deine Ergebnisse der Recherche«, Scott räusperte sich bei dem Wort, »… ähm … nach oben melden. Hast du etwas Brauchbares gefunden?« Man sah Scott an, dass auch ihm das Wühlen in der dreckigen Wäsche von Politikern zuwider war.

»Abgesehen von ein paar schlüpfrigen Nachrichten des Ex-Abgeordneten an ein junges Mädchen«, antwortete Josh McMelma resigniert, »fand ich nichts Brauchbares. Aber genau das will man oben nicht hören, habe ich recht? Wenn man einem Politiker immer wieder kriminelles Verhalten vorwerfen möchte, will man auf die Stimme der Vernunft nicht hören, richtig? Haben sie in Quantico keine karrieregeileren Spezialisten? Warum muss sich wieder New York City um diesen Mist kümmern?«

»Du willst nach Hause, nicht wahr?« Scott unterbrach den verbitterten Vortrag und lachte auf. Er konnte sich noch sehr wohl daran erinnern, wie eilig er es damals hatte, nach Hause zu kommen, als sein Sohn William noch ein Baby war. Wie im Handumdrehen wurde aus dem Baby ein Sechzehnjähriger, mit dem er sich zurzeit sogar recht gut verstand. Es war bei Weitem nicht immer so gewesen.

Wo waren die Jahre geblieben - mit allen schmerzhaften Veränderungen, die aus Scott zwar einen beruflich erfolgreichen, aber dennoch Ex-Ehemann gemacht hatten? Wann war aus der Eile, rechtzeitig zu Hause anzukommen, eine Sehnsucht nach Überstunden im Büro geworden? Die Überstunden wurden nun zur Ausrede, das luxuriöse Singleappartement in Manhattan zu meiden. Es sei denn, Will kam wieder aus Boston zu Besuch für ein Weekend. Oder es lief mal wieder besser mit Angel, seiner 'Es-wird-schon-noch-ernster-Beziehung', die dann bei ihm übernachtete. Diese seltenen Augenblicke verliehen ihm in der jetzigen Lebenssituation die notwendigen Flügel, die er brauchte, um sich vom vertrauten Arbeitssessel zu trennen.

Scott registrierte, dass sein Mitarbeiter schwieg, was er als Bejahung seiner Frage interpretierte. »Tja, mein Lieber. Du hast offenbar in Quantico Geschichte geschrieben. Bis heute hat keiner von den Nerds gewagt, als Student die eigene Universitätsdatenbank zu knacken, um auf die sicherheitsrelevanten Mängel hinzuweisen. Wärst du damals lieber nicht auf den Deal mit dem FBI eingegangen … Lieber ein paar Jahre absitzen und dann ein mächtiger, freier und vor allem reicher Hacker werden … «, frotzelte Scott.

In Wahrheit war er mächtig stolz, dass er über die besten Fachkräfte verfügte, die das FBI zu bieten hatte. Und er mochte 'den Kleinen' sehr, dessen Vater er mit Not und Mühe hätte sein können. »Hey, heute machst du frei, okay? Deine Emily würde sich über einen gepflegten Schichtwechsel beim Baby nicht beschweren, nehme ich an. Leider läuft uns diese Drecksarbeit nicht weg. Den Obersten werde ich sagen, dass sie vor Montag nichts zu erwarten haben … Und du genießt den Sonntag mit der Familie, okay?«

»Wirklich?« Joshs Gesichtszüge erhellten sich auf Anhieb.

»Hau jetzt ab! Deine Familie braucht dich doch!« Scott konnte sich gerade noch beherrschen, seinem Mitarbeiter nicht über die Haare zu fahren, wie er es oft bei Will tat. Etwa zwanzig Jahre trennten ihn von Josh McMelma, obwohl es bei der Arbeit vergessen zu sein schien. Doch auch eine enge Freundschaft hatte ihre ungeschriebenen Gesetze. Unabhängig davon, welche verborgenen Vatergefühle Josh manchmal bei ihm weckte.

»Und genieße mir das Wochenende! Wer weiß, ob ich dir das nächste ebenfalls freihalten kann.« Mit diesen Worten drehte er sich zum Gehen um. Auch wenn Scott die Vorteile, die ihm sein Singleleben bot, durchaus zu schätzen wusste, so waren es Augenblicke wie diese, in denen er gern mit anderen getauscht hätte.

Die Einzigen, die in Scotts Wohnung auf den Besitzer warteten, waren: ein gähnend leerer Kühlschrank, eine halbe Flasche geöffneter, vorzüglicher Whiskey, und eine mit Anziehsachen zum Umfallen überladene Couch. Dagegen war der Schreibtisch mit Bergen von Akten, die er dringend zu bearbeiten hatte, fast zu verführerisch.

Scott öffnete die Tür zu seinem Büro, hinter der sich ein edler Tisch in Vollholz aus feinstem Mahagoni mit acht hochwertigen Stühlen verbarg. Daran fanden die meisten Privatbesprechungen statt, daher war er nicht nur aufgeräumt, sondern auch sehr schlicht dekoriert. Dahinter befanden sich ein passender Sekretär und einige Regale mit penibel geordneten Fachbüchern. Das einzige Gemälde, das die Wände des ansonsten steril wirkenden Raumes schmückte, war eine Nachbildung von Monets 'Seerosen', die Scotts Fantasie anregten, wenn die Realität ihn zu überrollen drohte.

Einige der Akten nahm er vom Schreibtisch herunter und breitete sie auf dem großen Tisch aus, um mehr Ablagefläche zu schaffen, bevor er sich die verbliebenen Kaffeereste und eine Handvoll der in der BAU-internen Küche au   sliegenden Kekse holte.

Was für ein miserabler Tausch gegen ein warmes Mittagsessen, dachte er mit Neid an Josh, der mittlerweile das Gebäude verlassen hatte, wie er vermutete. *Zu Hause wartet auf ihn nicht nur seine wunderschöne Frau, sondern bestimmt auch noch eine warme Mahlzeit.*

Für einen Augenblick überlegte Scott, sich wenigstens eine Pizza kommen zu lassen, doch er verwarf die Idee recht schnell. Sie würde bedeuten, dass er zwanzig Etagen nach unten fahren musste, um das Essen im Foyer abzuholen. Dazu fühlte er sich nicht mehr in der Lage.

Stattdessen legte er die Kekse auf eine Papierserviette auf den Tisch und goss sich den kalten Kaffee in seinen Becher. Danach zog er sein Jackett aus, nahm die Krawatte ab, setzte sich auf einen der edlen Mahagonistühle und benutzte den anderen, um seine Beine abseits des Tisches hochzulegen. Es war das schöne Gefühl von Freiheit, das er immer empfand, wenn der letzte Mitarbeiter das Gebäude verlassen und er sich seiner Privatsphäre bewusst wurde. *Aber nur bis zehn Uhr, dann ist für heute Schluss!*, ermahnte er sich gedanklich und nahm die erste Akte zur Hand.

Erst das dritte Klingeln seines Telefons nahm er endlich wahr und wachte auf. Prompt wurde Scott klar, dass er während des Lesens eingeschlafen sein musste. Sein Körper hing schlaff im Halbsitzen zwischen zwei Stühlen, während er in der Hand eine leere Ordnerhülle hielt, deren Inhalt unordentlich auf dem Boden verstreut lag.

Die laute, aber recht penetrante Melodie von *Gonna Fly Now* ertönte erneut, als wollte sie eine Motivation zur raschen Handlung schaffen. Doch Scott fühlte sich ganz und gar nicht wie *Rocky* vor seinem Kampf.

Ganz im Gegenteil. Mühsam legte er seine mittlerweile eingeschlafenen Füße so auf dem Boden ab, dass er nicht auf die überall herumliegenden Bilder der Autopsie treten konnte, bevor ihm einfiel, wo sein Handy lag.

Mittlerweile war sein Telefon wieder still.

Ein kurzer Blick auf die Uhr verriet, dass längst elf Uhr vergangen war. *Höchste Zeit, doch noch nach Hause zu gehen*, dachte Scott und ärgerte sich, dass er es nicht hatte verhindern können, einzuschlafen. Im Geheimen hoffte er, dass es Angel war, die ihn gerade angerufen hatte. Daher zog er es vor, umgehend einen Blick auf das Display zu werfen.

Die Nummer, die darauf erschien, kannte er. Sie bedeutete nichts Gutes.

Kapitel 5

Cemetery Of The Gate Of Heaven
Sonntag, 23.10.2016, drei Uhr morgens

Die Anwesenheit des Chief of Department am Fundort der Leiche mitten in der Nacht auf einem alten Friedhof ließ erahnen, dass es kein 'einfacher' Fall sein würde. Nickend begrüßte der hochrangige Polizist seinen alten Bekannten, den Chef der BAU, der sich gerade dem gelben Absperrband näherte.

»Hallo, Darrell.« Im Blaulicht der Polizeiwagen zeigte Scott schnell seinen Ausweis einem der Polizisten, die für die Wahrung der Grenzlinien zum Fundort verantwortlich waren. Dabei ließ er den NYPD-Polizeichef nicht aus den Augen. Auch nicht, als er das Absperrband zum Passieren hochhob. Dabei schien das Absichern des gottverlassenen Friedhofs zu dieser fortgeschrittenen Stunde fast überflüssig. Nicht mal von den sonst so eifrigen Gaffern war etwas zu sehen. Und das trotz der Lichter, die im Normalfall eine kilometerlange Anziehungskraft auf sensationsgierige Menschen ausübte.

Beide Männer schüttelten sich zur Begrüßung die Hände. Dass das NYPD so zeitnah die Hilfe des FBI anforderte, war stets dem richtigen Gespür von Darrell Logan zu verdanken, dessen steiler Karriereweg in der organisierten Kriminalität begonnen hatte, aber nicht wie der vieler ebenfalls engagierter Kollegen dort auch endete. Chief Logan war wie ein Spürhund, der Witterung aufnahm und sich im Zweifelsfalle jede erdenkliche Hilfe besorgte, damit sein Revier lupenrein blieb.

»Es könnte mit dem Fall vor einem Monat zu tun haben! Verdammt, ich fühle es!«, antwortete er eifrig und zupfte nervös an seiner viel zu engen Anzughose, die längst an dem Versuch scheiterte, seinen mittlerweile beträchtlichen Bauchansatz zu kaschieren. Der verlassene Friedhof entfaltete bereits seine düstere Wirkung. Auch wenn man es keinem der Polizisten ansah – die Spannung lag in der Luft wie ein dichter Nebel, der alle in seinen Bann zog.

»Mit welchem Fall?« Scott Goodwin spulte im Kopf im Schnelldurchlauf alle Fälle durch, die er in den letzten zwei Monaten bearbeitet hatte.

Es waren doch gar nicht so viele … Und schon gar kein brutaler Mord an zwei Opfern, wie es mir Darrell vorhin am Telefon beschrieben hatte. Er spürte langsam die Kälte von unten aufsteigen und fragte sich, ob es an den etwa 15°C lag, auf die die Nachttemperatur mittlerweile fiel, um in den Herzen der New Yorker das Gefühl von herbstlicher Stimmung zu erwecken. Oder vielleicht an der eigenen Müdigkeit, die zunehmend unangenehm wurde.

»Na, an dem mit der amateurhaft gebauten Bombe, weißt du noch?«, erwiderte Darrell Logan so langsam, als hätte er befürchtet, nicht verstanden zu werden.

»Hä? Bist du dir da sicher? Von einer Bombe hast du doch gar nicht …« Scott Goodwin verlor das Gleichgewicht und rutschte ein kleines Stück den kleinen Berg hinunter, auf dem sie sich befanden.

»Vorsicht!«, warnte Darrell und ärgerte sich darüber, Scott nicht schon vorher gewarnt zu haben, dass der Regen die zahlreichen heruntergefallenen Blätter in eine breiig-rutschige Fläche verwandelt hatte. Doch zum Glück verfügte der BAU-Chef über mehr Balance, als es ihm bewusst war.

»Die verdammten Blätter sind nass«, stellte Darrell Logan fest.

Es klang nun überflüssig, was Scott mit einem belanglosen Blick quittierte.

»Warum denkst du, dass es der gleiche Täter ist? Was auch immer der hier verbrochen haben soll?«, fragte er stattdessen und musterte die Leichen. »Denn zwischen einem Versuch, mehrere Menschen mit einem selbstgebauten Sprengsatz in die Luft zu jagen und einem … « Der Chef der BAU schaute sich die Wunden der Opfer schweigend an. »Also zwischen einem Sprengen und einem Mord liegen Welten. Eine Bombe ist stets anonym, die Opferwahl, sofern es nicht beispielsweise eine Autobombe ist, willkürlich … Ich sehe da kaum Gemeinsamkeiten …«

Darrell Logan schaute Scott unerwartet ernst an. »Das dachte ich zunächst auch, als ich angerufen wurde, dass man zwei Leichen auf einem Friedhof gefunden hat. Eine Frau und einen Mann. Okay, Mord im Affekt vielleicht? Diese Überlegung kennst du doch. Verschmähte Liebhaber? Und dann berichtete man mir die Einzelheiten …«

Vor den Augen der Ermittler breitete sich ein recht eindeutiges Bild aus, wie Scott fand. »Sieht man davon ab, dass es sich um zwei Leichen handelt, so könnte man denken, dass es sich um ein Liebespaar handelt. Ist es eines?«, fragte er.

»Wir sind dabei, die Opfer zu identifizieren«, entgegnete Darrell. »Aber ich gebe dir recht. Auf den ersten Blick sieht es tatsächlich so aus. Schau dir aber die Totenflecken genauer an. Fällt dir etwas auf? Ich gebe zu, auch ich habe diese Anomalie erst bemerkt, als mich durch Zufall einer der forensischen Ermittler darauf brachte.«

Statt zu antworten musterte Scott die beiden Leichen nun ganz genau. Der Mann war recht gut gebaut und etwas älter. Er lag rücklings auf dem Gras unter einem Baum, wobei seine Beine gestreckt waren. Sein rechter Arm war leicht gebeugt und um das Opfer gelegt, das bäuchlings auf ihm lag.

Liebende selbst im Angesicht des Todes, ging es Scott durch den Kopf.

»Mir fällt auf, dass sie nackt sind, dass am Fundort sehr wenig Blut ist … Dass es offensichtlich inszeniert wurde … Was ist an den Totenflecken interessant?«

»Ganz genau das, was du bereits gesagt hast.« Darrell Logan übernahm das Wort. »Die Leichen weisen beidseitige Totenflecken auf - an Rücken und Brust, was so viel bedeutet, als dass die Körper in einem eingrenzbaren Zeitraum nach dem Tod noch einmal umgelagert worden sein müssen. Dabei hat der Täter sie so positioniert, wie wir sie hier sehen. Wie ein Liebespaar nach dem Akt. Als wir die Leichen zum Abfotografieren etwas bewegen mussten, ist uns aufgefallen, dass der männlicher Körper eine Verletzung aufweist, die der weibliche Körper jetzt verdeckt.«

»Interessant«, antwortete Scott erstaunt. »Ein verletzter Liebhaber ersticht die Eheleute? Mord aus Leidenschaft? Das war doch ein Overkill.«

»Nun, wenn es so einfach wäre, hätte ich dich nicht mitten in der Nacht aus dem Bett geholt. Dem männlichen Körper fehlt ein Stück vom Brustkorb. Genau genommen eine Rippe, die wir, wie ich glaube, etwas weiter entfernt auf der Erde fanden. Ich kann mich irren, doch …«

»Wurden die Körper vielleicht von Tieren auseinandergenommen? Könnte das sein?«, fragte Scott, obwohl er die Antwort bereits erahnte. Kein Tier nahm sich nur einen Knochen heraus und legte danach eine Leiche darüber.

»Nun, dann hätten es die Tiere doch am Arm oder ähnlichem deutlich leichter gehabt«, fuhr der Chief of Department fort. Darrell schien den gleichen Gedanken zu haben. »Immerhin verdecken mindestens zehn Kilo, wenn man das Gewicht des Kopfes und die Teile des Rumpfes der Frau nimmt, diese Stelle. Des Weiteren müsste das Tier eine Säge oder etwas in dieser Art gehabt haben, so sauber wie der Schnitt war. Und hätten sie dann auch noch den Rippenknochen liegenlassen? Nein, es waren keine Tiere. Zum Todeszeitpunkt können wir zwar ohne Autopsie nicht besonders viel sagen, doch vermutlich lagen beide Körper nicht allzu lange hier. Sie wurden von einigen Teenagern gefunden, die sich zu einer Mutprobe auf dem Friedhof verabredet hatten. Im Moment befinden sie sich auf dem Revier und werden verhört. Aber ich verspreche mir nicht viel davon.«

»Oha, Mutprobe mit einem anschließenden Trauma. Das ist hart.« Scott wusste noch nicht recht, was er von dem Verbrechen zu halten hatte. Also entschloss er sich, es unvermittelt anzusprechen. »Zwar erscheint mir der Fall sehr knifflig, doch du verzeihst mir hoffentlich, dass ich immer noch keinen Zusammenhang zu unserem Sprengstoffsatz-Fall sehe? Wie kommst du darauf?«

»Gedulde dich.« Darrell genoss den Augenblick, weil er sicher war, eine vollkommen logische Verbindung gefunden zu haben. Er wollte seinen Triumpf über die Entdeckung hinauszögern, was wiederum Scott ärgerte. »Wir haben noch andere Hinweise am Fundort gefunden, obwohl es eigentlich jetzt schon klar ist. Überleg mal … Mann, Frau, Rippe … Was fällt dir dabei spontan ein?«

»Adam und Eva«, lachte Scott auf, als hätte er einen guten Scherz gemacht. Doch dann wurde er ernster.

»Bingo! Und nun rate mal, was wir neben den restlichen gelben Markern im Gras fanden …«

Erst in diesem Moment sah Scott, dass einige nummerierte Schilder etwas weiter von dem Leichenfund entfernt im Gras lagen. Ungewöhnlich viele.

»Eine Schlange oder sowas?« Scott schien endlich angebissen zu haben.

»Einen recht gewöhnlichen Apfel und eine Klapperschlange, sofern meine botanischen Kenntnisse ausreichend sind. Das Tier wurde ganz fies geköpft, aber wir werden sicher ein paar Spezialisten finden können, die uns die Schlange identifizieren. Man sieht die Dinger manchmal in Gärten. Es ist also vermutlich ein religiöser Fanatiker. Zumindest macht es den Anschein. Ach! Ein Schwert fanden wir auch … « Darrell lächelte zufrieden.

»Wenn es unser Sprengstoff-Fanatiker wäre, dürften sich kaum verwertbare Spuren finden lassen. Das wäre beunruhigend. Aber Darrell …« Scott sah sich um, ob sie ungestört reden konnten.

Es schien so. Alle anwesenden Ermittler waren mit dem Sammeln von Beweisen beschäftigt. Die Szene am Friedhof glich einem für Außenstehende scheinbar sinnlosen Treiben - wie Bienen im Bienenstock.

Sie konnten reden. Dennoch senkte Scott die Stimme. »Wir wissen doch beide, dass unser Täter damals noch eine Botschaft hinterlassen hat. Weißt du noch? Etwas Bedeutungsschwangeres vom Anfang der Welt oder so? Zugegeben, ich bin nicht so stark, was Bibelsprüche betrifft.«

»Du meinst das? *Am Anfang schuf Gott Himmel und Erde. Und die Erde war wüst und leer und es war finster auf der Tiefe; und der Geist Gottes schwebte auf dem Wasser. Und Gott sprach: Es werde Licht! Und es ward Licht.* Aus dem ersten Buch Mose, aus der Genesis?« Das Leuchten in Darrells Augen ließ sich schlecht verstecken.

»Donnerwetter. Genau das! Bist du jetzt gläubig geworden?« Scott war sichtbar beeindruckt.

»Nein«, Darrell Logan fuhr mit der Hand über die Stirn, als wollte er den Schweiß abwischen, »ich kann nur unaufgeklärte Fälle nicht leiden. Damals habe ich mir den Zettel kopiert, bevor ich alles in die Asservatenkammer bringen ließ. Und im Portemonnaie verstaut, falls mir eine neue Idee kommen sollte … Zumal wir dieses winzige, aber wichtige Detail nicht nach außen kommunizieren wollten, um Trittbrettfahrer zu vermeiden. Aber es verging kein einziger Tag, an dem ich nicht auf den Zettel geschaut hätte, um eine Eingebung darin zu finden. Mit der Zeit prägte er sich ein. Und heute ist ein weiterer Zettel vom neuen Fundort dazu gekommen …« Resigniert übergab Darrell eine durchsichtige Beweishülle an den BAU-Chef.

Als Scott es in die Hand nahm, kam ihm das Papier sofort vertraut vor. Eine vergilbte Seite aus einem alten Buch, auf dem handgeschrieben eine Bibelpassage stand. Er erwartete wieder ein Bibelzitat. Und wurde nicht enttäuscht.

Zwar würde man die Beweisstücke erst ins Labor schicken und unter verschiedenen Gesichtspunkten untersuchen müssen. Doch Eines stand für beide Ermittler fest – die Ähnlichkeit zum Fall des Bombenlegers ließ sich auf den ersten Blick irgendwie nicht leugnen. Und das, obwohl der erste Zettel einem Officer von einem bezahlten Straßenjungen übergeben worden war. Die aktuelle Botschaft wurde dem Opfer offensichtlich post mortem in die Hand gelegt. Scott las die Zeilen, die der Täter vermutlich an sie gerichtet hatte.

Es klang wie eine Rechtfertigung seiner Tat, die er sich zurechtgelegt hatte. Wenn der Mörder wieder so clever war, seine

Spuren zu verwischen, würden sie vermutlich erneut auf der Stelle treten. Kein tolles Gefühl.

Das Einzige, was die beiden Mordserien, wenn man es so bezeichnen möchte, miteinander verbindet, sind die seltsamen Zettel. Und die rasche zeitliche Abfolge. Nur ein einziger Monat liegt dazwischen ... Scott versuchte Argumente zu finden, um den Zusammenhang auszuschließen. Aber er fand keine.

Na gut, der Tathergang war anders, was vielleicht auf unterschiedliche Täter hinweisen würde ... Vielleicht mehrere Täter? Aber die Art, wie sich der Täter uns mitteilt, verbindet die beiden Morde irgendwie dennoch. Nur wie?

Erneut nahm er den Zettel in die Hand und las darin diejenige Information, mit der er bislang nur wenig anfangen konnte:

Und er trieb den Menschen hinaus und ließ lagern vor dem Garten Eden die Cherubim mit dem flammenden, blitzenden Schwert, zu bewachen den Weg zu dem Baum des Lebens. (1.Mose 3, 24)

»Ich würde lieber glauben, dass alles nur ein Zufall ist, Darrell«, wandte sich Scott an den erfahrenen Chief of Department. »Zumal die Fundorte unterschiedlicher nicht sein könnten. Aber entweder habe ich mich in deine Idee verrannt, oder es gibt tatsächlich eine gewisse Ähnlichkeit. Was sie auch immer zu bedeuten hat. In meinen 20 Jahren beim FBI gab es zwischen zwei Mordfällen keine so offensichtliche und dennoch recht ausgefallene Verbindung wie diese Schnipsel ...«

Scott schaute sich den Zettel ein letztes Mal ganz genau an, als wollte er jedes noch so kleine Detail aufsaugen. Dann legte er es auf dem Boden ab, sodass der Inhalt des Beweisbeutels vom Kegel der Fundortbeleuchtung erfasst wurde. Die Spiegelung der Folie vermeidend, suchte er den Mantel nach seinem Handy ab, um das Beweisstück zu fotografieren.

»Darrell, wäre es möglich, dass man uns die Ergebnisse der Autopsie so schnell wie möglich zukommen lässt? Wann ist sie angesetzt?«

»Ich werde versuchen, etwas zu erwirken. Vielleicht sogar heute Nachmittag noch. Es gibt ein paar Leute in der Rechtsmedizin, die mir wohlgesonnen sind. Denn wenn ich recht habe, hätten wir maximal einen Monat Zeit, den Täter zu finden, bis er wieder zuschlägt, oder?« Die feste Stimme von Darrell Logan, dem – wie Scott empfand - bisher einzigen Chief of Department, der sich seinen gehobenen Titel wirklich verdient hatte, klang überzeugend.

»Wenn die Abkühlphase zwischen den Taten tatsächlich so kurz ist ... Falls es der gleiche Täter ist ... Dann ist es sehr wahrscheinlich, dass er bald wieder zuschlägt. Ich will alle Beweisbilder zugeschickt bekommen, sobald sie euch vorliegen«, erwiderte Scott Goodwin. »Bis Montag werde ich alle verfügbaren Informationen sammeln, damit wir uns zusammensetzen können. Die Jungs und Mädels der BAU sind im Moment überlastet, daher gönne ich ihnen einen ruhigen Sonntag.«

»Schon gehört ...« Darrell rollte die Augen, nachdem er sich versichert hatte, dass keiner dieses Gespräch zwischen ihnen verfolgen konnte. Doch die Ermittler waren immer noch mit dem Sammeln der Beweise beschäftigt. Sobald man sich recht weit oben auf der Karriereleiter positioniert hatte, war eine öffentliche Meinungsäußerung eher Luxus, falls man seinen Posten behalten wollte. Daher waren seine Worte ausschließlich an seinen Kollegen gerichtet. »Diese politische Scharade um den Posten im Weißen Haus, stimmt's? So ein Kindertheater! Wahnsinn.«

Scott Goodwin schüttelte resigniert den Kopf. »Als hätten wir nichts Besseres zu tun, als unsere besten Kräfte mit Bullshit zu beschäftigen ... Gib mir etwa sechs Stunden, dann kannst du mich bei der BAU dienstlich erreichen. Ich muss mich vorher etwas frisch machen ... «

Kapitel 6

Little Italy, NYC
Sonntag, 23.10.2016, 6.00 Uhr

Ein summender Ton riss Estrella Fernández aus ihrem Traum. Sie setzte sich kerzengerade in ihrem Bett auf und versuchte sich zu erinnern, was sie für den heutigen Tag geplant -, weshalb sie den Wecker für so früh gestellt hatte.

Unsanftes Aufwachen aus einem intensiven Traum war eine der Sachen, die Estrella nicht ausstehen konnte. Das Ende der Nacht wurde eingeläutet. Nochmal in den Schlaf finden würde sie nicht mehr.

Ich bin ein Idiot!, dachte sie verärgert über sich selbst. *Anscheinend habe ich den Wecker gestern automatisch eingeschaltet, mit dem Gedanken, heute zur Arbeit zu gehen. Dabei hat uns Scott doch ausdrücklich einen arbeitsfreien Tag 'verordnet'. Selbst wenn ich ins Büro gewollt hätte …* was Estrella gelegentlich tat, um sich von ihrem eher langweiligen Singledasein abzulenken.

Gewöhnlich erklärte sie ihr übereifriges Verhalten vor sich selbst mit einem hohen Aufkommen an Papierkram, welcher dringend bewältigt werden musste. Und in der Tat konnte sich das gesamte Team nicht unbedingt über fehlende Beschäftigung beschweren, seit man sie zusätzlich mit der Überprüfung der Korrespondenz der Auserwählten für das Weiße Haus und ihrer Gefolgsmänner beauftragt hatte. Während ihr Kollege, Josh McMelma, damit beschäftigt war, Datenmaterial zu beschaffen, oblag ihr – als forensische Psychologin – die Interpretation und Auswertung der Gespräche, E-Mails, Telefonate und sämtlicher Aufzeichnungen, die man ihr in Form von Protokollen auf den Schreibtisch gelegt hatte. Es war eine sehr zermürbende Beschäftigung für ein Team, das für solche Aufgaben sichtlich überqualifiziert war.

Sechzehn Tage vor der Wahl zum Präsidenten von Amerika wollte das Volk endgültig wissen, ob die Präsidentschaftskandidaten nun geeignet waren, die verantwortliche Stelle würdevoll zu besetzen. Der Vorwurf, den das FBI zu prüfen hatte, war, ob einer der Kandidaten in der vergangenen Amtszeit als Außenminister geheime Staatsinformationen über private und damit unzureichend geschützte Server ausgetauscht hatte, was ein Verstoß gegen sämtliche geltenden Gesetze bedeutet hätte.

Diesen ungeheuren Vorwurf, der bereits im Juni entkräftet worden war, erneut zu überprüfen, oblag einem winzigen Team der BAU, das Koryphäen aus verschiedenen Gebieten der modernsten Kriminalistik vereinte. Und dessen psychologischen Zweig Estrella unter anderem besetzte.

Als 'Volkswille' würde man in den Medien die Schlammschlacht um den hohen Posten 'verkaufen', sobald die Voruntersuchungen abgeschlossen und deren Ergebnisse öffentlich kommuniziert waren. Zum gegenwärtigen Zeitpunkt hatte man nur erstaunlich wenige Ermittler ins Geschehen involviert. Die Voruntersuchung verlief unter dem Prädikat 'Streng geheim'. Zumindest bis sie morgen oder übermorgen große Schlagzeilen auf den Titelblättern machen würde. Und zwar unabhängig davon, ob die BAU zu dem Ergebnis kam, dass es ein untersuchungswürdiges Vergehen gab oder nicht.

Etwas mehr als zwei Wochen vor den Wahlen zum Präsidenten der USA war die Stimmung so explosiv wie ein Pulverfass. Die hohen Erwartungen an den neuen Kandidaten lagen schwer wie Blei in der Luft –, getragen von einer dünnen Decke aus Hoffnung, dass das Wahlergebnis für das gesamte Volk halbwegs erträglich sein würde.

Unabhängig davon, dass man irgendwie mit beiden zur Wahl gestellten Kandidaten nicht wirklich zufrieden war. Zu einem der härtesten und kontroversesten Wahlkämpfe in der gesamten Geschichte der USA gehörte nun die undankbarste Aufgabe, die jemals an Scotts Team herangetragen worden war – das Wühlen nach Makeln in der Vergangenheit der Kandidaten.

Der Wecker läutete erneut und riss Estrella Fernández aus ihren Gedanken über die Arbeit. Kurz nachdem sie aufs Display gesehen hatte, schimpfte sie lautstark.

»Shit! Heute ist ja Sonntag!«, stellte sie fest und vermied es nicht, erneut zu fluchen. »Fuck!«

Auch wenn sie noch mehrere Stunden Zeit hatte, war es ihr nicht mehr nach Herumliegen im Bett zumute. Frustriert stand sie auf, zog die dunklen Vorhänge auseinander – ein zugegeben äußerst praktisches Geschenk ihrer Mutter zum Einzug in die Wohnung - und ging in die Küche, um den ersten Kaffee des Tages aufzusetzen.

Der Blick aus dem Fenster verriet, dass auch die Sonne erst jetzt im Begriff war, aufzugehen und die Welt mit den prächtigen Farben des saftigen Herbstes zu erhellen. Würde Estrella nicht täglich ihre Joggingrunde absolvieren, hätte sie den Jahreszeitenwechsel im Normalfall nicht einmal bemerkt. Das BAU-Gebäude – quasi ihr zweites Zuhause – befand sich in der 20. Etage an der Federal Plaza, mitten im Zentrum von New York City. Also fast in den Wolken.

Auf der Suche nach Essbarem im Kühlschrank stieß sie auf eine Flasche Rotwein, den sie vor etwa einer Woche geöffnet hatte, eine abgelaufene Joghurtpackung und ein geschlossenes Gläschen Marmelade, das ihr ihre Mutter vor einem Monat mitgebracht hatte. Interessiert nahm sie die Marmelade in die Hand und las den Inhalt ab: 'Himbeere/15.06.2016'.

Unwillkürlich musste Estrella bei der Vorstellung grinsen, wie ihre Mutter die auf dem Markt gekauften Himbeeren in ihrer kleinen Küche zu Marmelade verarbeitete. Wie sie jede einzelne sorgfältig wusch, dann auf Würmer überprüfte und sie sanft in den Kochtopf bettete, wo sie einige Zeit später unter Einfluss von heißem Wasser sowieso zermanschen würden. Doch ihrer Mutter war das nicht annähernd so wichtig wie die Tatsache, dass sie in einer ansehnlichen Form den Weg in den Topf fanden.

Was für Estrella als Kind das 'Zuhause' dargestellt hätte, war ihr in der Pubertät angesichts der mit ähnlichen Gläsern prall gefüllten

Regale der Supermärkte als Zeitverschwendung erschienen. Doch just in diesem Augenblick, als sie das Gläschen in der Hand hielt, verspürte sie Sehnsucht nach dem Geruch von duftenden Himbeeren.

»Kaffee, Croissant und Himbeermarmelade«, flüsterte sie mit einem gewissen Verlangen in der Stimme und beschloss, mehrere Tätigkeiten miteinander zu verbinden. Da der Kaffee bereits durchlief, ging sie ins Schlafzimmer und nahm eines ihrer atmungsaktiven Sportshirts aus dem Schrank. Die zum Wetter passende, wärmende Jogginghose lag über der Lehne des Bettes. In Sekundenschnelle wechselte Estrella den Nachtanzug gegen ihr sportliches Outfit und ging wieder in die Küche, um nach dem Kaffee zu schauen.

Doch die Maschine war immer noch nicht ganz fertig, also beschloss sie, das Gerät eingeschaltet zu lassen und ging in den Flur, wo sie etwas Kleingeld und ihren mp3-Stick in der dafür vorgesehene Tasche ihres Sportanzuges verstaute, nachdem sie ihre Laufschuhe übergezogen hatte.

Estrella hatte sich nicht geirrt. Eines der in ihrer Wohnstraße mit dem romantischen Namen Elisabeth Street angesiedelten italienischen Cafés hatte bereits geöffnet. Nach dem Joggen würde sie hineingehen, um zwei Croissants zu holen.

Little Italy war mit seinen kleinen Straßenrestaurants, in die die Kellner die Touristen hineinlockten, eines der gemütlicheren Viertel von New York. Auch wenn die Besitzer der Lokalitäten wie auch die übrigen 95% der Bewohner keine italienischen Wurzeln mehr hatten, war der wahre Geist von Bella Italia immer noch in der traditionellen Ausgestaltung der Läden, Cafés und Restaurants zu finden.

Und spätestens zum September, wenn sich die italienischen Familien im Viertel versammelten, um »Festa di San Gennaro«, also das Fest des heiligen Januarius, zu feiern, wurde es Estrella richtig warm ums Herz. Es war zwar nicht ganz mit Brasilien vergleichbar – dem Ort, an dem sie ihre Kindheit verbracht hatte –, dennoch irgendwie sehr vertraut. Vielleicht war das genau der Grund, warum sie sich ihre kleine Wohnung nach ihrer Versetzung aus Quantico in genau diesem Viertel gekauft hatte.

Die Atmosphäre der kleinen Gassen und das Gefühl, trotz ihres Singledaseins zu keiner Tageszeit allein auf der Straße zu sein, entschädigten für die anzüglich–heiteren Pfiffe der Kellner, wenn eine schlanke und sehr attraktive Brasilianerin in ihrem Sportoutfit an ihnen vorbeijoggte. In gewisser Weise und von Zeit zu Zeit fühlte sich Estrella sogar geschmeichelt.

Ihr Lieblingscafé lag einige Straßen entfernt - aber in der Nähe vom Sara Delano Roosevelt Park, ihrer täglichen Laufroute. Also entschied sich Estrella, gleich nach dem Joggen hineinzugehen. Diesmal würde sie sich dem verlockenden Geruch von frisch aufgebrühtem Espresso nicht hingeben, sondern mit den dort gekauften Croissants unterm Arm den direkten Weg nach Hause einschlagen.

Mittlerweile zeigte die Küchenuhr acht Uhr, als Estrella genüsslich den letzten Bissen in den Mund schob. Vollständig gesättigt widmete sie sich dem unangenehmen Gedanken, der sie direkt nach dem Aufstehen zum Fluchen gebracht hatte: ihrem Familienbesuch. Konkret dem Nachfeiern ihres Geburtstages mit ihrer Mutter. Mit einem Kirchgang.

Im krassen Gegensatz zu Estrella waren ihre brasilianischen Eltern mit spanischen Wurzeln väterlicherseits streng gläubig. Doch eine Segnung für das kommende Lebensjahr war nicht unbedingt die Erfüllung der Träume einer FBI-Profilerin.

Aber darüber zu reden brachte nichts. Ihre Mutter war mindestens so stur wie die Tochter und vertraute darauf, dass die Erneuerung des Segens die Tochter vor bösen Mächten beschützen würde. Widerwillig versprach Estrella in einer schwachen Minute, ihr den Gefallen zu tun. Sie nahm sich vor, pünktlich zur katholischen Messe in der alten Kirche zu erscheinen.

Wer weiß, wie oft sie mich im Leben noch darum bitten kann, dachte sie mit einer gewissen Wehmut, an der die selbstgemachte Marmelade ihrer Mutter nicht unbeteiligt war. Der Geruch von Himbeeren und die damit verbundenen Erinnerungen ließen die Wut über die künftige, vermeintlich nutzlos verlorene Zeit in der Kirche zögerlich verfliegen.

Wenn sie noch pünktlich zur Messe kommen wollte, musste sie sich nun rasch anziehen. Estrella nahm sich vor, ein paar Aufzeichnungen mitzunehmen, die sie auf dem Weg in der U-Bahn lesen wollte, um die Predigt zumindest gedanklich zu überbrücken.

*****

»Amen«, beendete der Pastor die Predigt mit einem Segensspruch.

»Amen«, wiederholte die in der Kirche versammelte Gemeinde.

»Gott sei Dank«, entfuhr es Estrella leise. Sie schaute sich um, ob ihre ein Tick zu laut ausgesprochene Meinung noch jemand mitbekommen hatte. Doch nicht mal ihre sonst so ehrfürchtige Mutter hatte die Entrüstung ihrer Tochter mitbekommen. Die Versammelten erhoben sich währenddessen zum anschließenden 'Vaterunser'.

Nicht, dass Estrella Fernández von Religionen jeder Art unbeeindruckt gewesen wäre. Im Gegenteil. Die Tatsache, dass so viele Menschen bereit waren, eine Stunde ihres kostbaren Sonntags zu opfern, um sich der ausgefallenen Idee einer vermeintlich allmächtigen Person hinzugeben, faszinierte sie. Vielleicht war das auch der einzige Grund, weshalb sie sich alle zig Jahre zu einem Kirchenbesuch überreden ließ - um die Anwesenden zu studieren.

Dabei war die - im Vergleich mit anderen katholischen Gotteshäusern - von außen unscheinbare Kirche am Rande von Queens recht bescheiden ausgestattet, wie Estrella fand. Aus ihrer Kindheit konnte sie sich an Kirchen erinnern, in denen mehr als ein halbes Dutzend riesige, prunkvolle Bilder über die Lebensstationen Christi die Wände bedeckten und somit eine bedrückend schuldzuweisende Atmosphäre beim Besucher erzeugten.

Auch die Anzahl der mit goldener Farbe überzogenen Figuren, die an den Rändern des Innenraums aufgestellt waren, beschränkte sich auf wenige, den in äußersten Ecken. Eine der Kirchen, die sie früher mit ihrer Mutter in Brasilien besucht hatte, brachte es auf etwa zwanzig davon – allesamt in Menschengröße. Die kleine Kirche in Queens, in der sie waren, gab sich mit immerhin der Hälfte zufrieden. Wahrscheinlich wollte man einen Eindruck von Großzügigkeit trotz der knapp bemessenen Räumlichkeiten erzeugen.

Estrella sah heimlich zu ihrer Mutter hin, die noch kniend im Gebet versunken war. Die so schöne, tiefdunkle Haarfarbe, die sie an ihre Tochter weitervererbt hatte, war mittlerweile dem gewöhnlichen Grau gewichen. Vielleicht zu einem Teil infolge der Gebärmutterkrebserkrankung, die sie vor etwa acht Jahren erfolgreich besiegt hatte.

Der eigentliche Unterschied zwischen dem Haar von Mutter und Tochter lag in der Länge. Während ihre Mutter das imposant dicke Haar zu einem strengen Dutt zusammenband, war Estrellas Naturmähne zu einem dem Gesicht schmeichelnden Kurzhaarschnitt geformt.

Doch die Zeit konnte dem Teint beider Frauen nichts anhaben. Sie besaßen die südländische Bräune, die sie selbst im Winter gesund aussehen ließ. Im Sommer dagegen sehr erotisch. Und das trotz des fortgeschrittenen Alters und grauer Haare.

Estrellas Mutter war immer noch bemerkenswert schön, wie alle Frauen in ihrer Familie. Und dennoch konnte man immer mehr Fältchen sehen, mit denen die eitle Frau schon vor Jahren zu kämpfen aufgehört hatte.

Wenn das mein Schicksal ist, wenn ich in ihrem Alter bin, dann sei es drum! Sicherlich gibt es Schlimmeres, überlegte Estrella.

Ihre Mutter bemerkte ihren Blick und lächelte zurück, was sie sehr jugendlich aussehen ließ. Kurze Zeit später stand sie auf – wie alle anderen Gläubigen um sie herum. Ein klares Zeichen dafür, dass die Messe nun endgültig beendet war. Die Anwesenden erhoben sich zum Gehen.

»Ich bin so froh, dass wir dich segnen konnten, Ella. Egal was du tust, Gott wird dann mit dir sein!«, wisperte ihre Mutter ihr ins Ohr.

Estrella musste in solchen Momenten ihren Drang zum Sarkasmus stark unterdrücken. *Sie wollte mir doch etwas Gutes zum Geburtstag tun. Und außerdem wird sie sich niemals ändern. Also bringt es nichts, ihr zu sagen, was ich davon halte, dass der Pastor meinen Namen während des Segensspruches erwähnte, was er sich natürlich reichlich bezahlen ließ. Eine neben fünf anderen. Aber wenn es sie glücklich macht … Bitte …*

Während sie die Kirche in Richtung des Ausgangs verließen, zwang sich Estrella, etwas zu tun, was sie in solchen Fällen bisher nie getan hatte. Sie bedankte sich bei ihrer Mutter.

*****

»Warte mal ab, es kommt noch eine Überraschung!«, sagte ihre Mutter aufgeregt, als sie zu Hause bereits Feijoada gegessen hatten, einen typisch brasilianischen Eintopf aus Bohnen. Estrella ließ sich dazu überreden, den Sonntagnachmittag im Haus ihrer Eltern mit irgendwelchen von ihnen geladenen Gästen zu verbringen. Die meisten der Freunde ihrer Eltern kannte sie kaum und war erleichtert, dass sich nicht noch ihre Verwandtschaft aus Brasilien auf den Weg gemacht hatte. Stressig und laut genug war es bereits jetzt mit etwa zwanzig Personen.

»Ach was!? Überraschung? Etwa dein berühmter Bolo de rolo?« Estrella lachte. »Ich bin doch bereits so rund wie ein Rollkuchen. Vorhin habe ich sogar noch einen Nachschlag genommen.«

»Das … auch.« Ihre Mutter lächelte geheimnisvoll und schlagartig wurde ihr klar, was sie damit gemeint haben könnte. Vermutlich wieder einen neuen Verkupplungsversuch.

»Nein, das hast du nicht gemacht!«, zischte nun die bisher entspannte Tochter ihre Mutter an.

Im gleichen Augenblick klingelte es an der Tür, bevor ihre Mutter reagieren konnte. In Estrellas Innerem brodelte es vor Wut. Verärgert schaute sie ihren Vater an, der von den Plänen seiner Ehefrau offenbar nichts wusste. Wie gewohnt saß er in einer Ecke, starrte einen fiktiven Punkt an und ließ den Smalltalk des Tischnachbarn an sich abprallen, ohne sich die Mühe zu machen, es zu kommentieren. Und wie immer fiel sein Desinteresse in der lustigen Runde nicht einmal auf.

Nun war es mit Estrellas Geduld schlagartig vorbei. Sie nahm ihre Tasche in die Hand, mit der Absicht, wutentbrannt das Haus ihrer Eltern zu verlassen, als ein recht attraktiver Mann Mitte vierzig durch die Tür trat. Der erste Eindruck vermittelte etwas Stilvolles, was sie sonst nur von Scott Goodwin kannte. Es lag daran, dass er zu absolut jeder Gelegenheit seine maßgeschneiderten Anzüge trug.

»Guten Tag«, sagte der Ankömmling in die Menge, doch seine Stimme wurde übertönt. Es schien so, dass nur wenige der Anwesenden seine recht imposante Erscheinung wahrgenommen hatten.

»Schau, Ella. Unser Doktor Burnsfield«, stellte Estrellas Mutter ihrer verdutzten Tochter den Mann vor. »Er ist unser Hausarzt. Und das ist meine zugegeben einzige Tochter«, die Stimme ihrer Mutter wechselte in den Modus: mysteriös, wie immer, wenn sie über die Tätigkeit ihres Kindes sprach, »sie ist Psychologin und arbeitet beim FBI.«

»Besser gesagt, bei der BAU«, verbesserte Estrella. »Das ist eine Verhaltensanalyseeinheit des FBI.«

»Ich werde die Blumen in die Vase stellen«, bemerkte ihre Mutter. »Und dann gibt es den berühmten Bolo de rolo. Zu Ehren deines Geburtstages, mein Schatz.« Mit diesen Worten entfernte sie sich rasch - mit einer sehr offensichtlichen Absicht. Estrella errötete inzwischen leicht und ärgerte sich über diese unreife Reaktion ihres Körpers, auf welche sie seit ihrer Jugend nur bedingt Einfluss hatte.

»Nennen Sie mich ruhig Julien.« Dr. Burnsfield streckte ihr die Hand entgegen. »Vielen Dank für die Einladung. Hätte ich gewusst, dass es eine Geburtstagsfeier ist …«

»Kein Problem, erinnern Sie mich lieber nicht daran«, entgegnete die Ermittlerin gespielt gelassen. »Nennen Sie mich Estrella, bitte.«

»Sie arbeiten also für das FBI?«, fragte der Arzt verwundert.

»Ich analysiere Kriminelle, ja«, bestätigte Estrella, sehr glücklich darüber, dass sie sofort zu sachlichen Themen übergegangen waren. Auf diesem Gebiet war sie deutlich professioneller. Gleichzeitig beschloss sie, dem Mann trotz anfänglicher Startschwierigkeiten doch eine Chance einzuräumen. Dies war nicht zuletzt der Tatsache geschuldet, dass er aus der Nähe noch attraktiver erschien.

Seine stahlblauen Augen bildeten einen Kontrast zu seinem dunklen Haar, das einen modernen Haarschnitt trug. Dass sie trotz eigener Größe zu ihm aufsehen musste, wirkte ebenfalls nicht zu seinem Nachteil. Estrella beschrieb kurz ihre Tätigkeit bei der BAU.

»Oh, das wäre nichts für mich«, lachte Julien herzlich. »Aber wir haben etwas gemeinsam. Auch ich bewahre die Menschen davor, zu sterben. Nur auf eine andere Art –, durch eine Impfung zum Beispiel.« Schweigen.

»Und irgendwo bin ich auch so eine Art Gottesingenieur. Ich repariere in seinem Namen Sachen, die defekt sind -, wie zum Beispiel das Immunsystem …«, fügte Julien Burnsfield verträumt hinzu.

Wieso? Wieso begreift meine Mutter nicht, dass sie mir keine Kerle aussuchen soll?, fragte sich Estrella desillusioniert. *Wieder so ein selbstverliebter Narr!*

Immerhin war dieser wenigstens gutaussehend und hatte einen Titel. Widerstrebend warf sie einen Blick in Richtung der Küche, wo sie ihre Mutter erwartete.

Zu ihrem Schrecken sah sie genau die Person, die ihr das eingebrockt hatte, von weitem lächeln und nach Verständnis heischen, was Estrella noch ärgerlicher stimmte.

Sie wollte von ihren Eltern weg.

Gleichzeitig war ihr bewusst, dass es so schnell kaum möglich sein würde. Also lächelte sie den Arzt billigend an.

Kapitel 7

Federal Plaza, NYC
Montag, 24.10.2016, 7.30 Uhr

Die Strahlen der aufgehenden Sonne erhellten die Räumlichkeiten der Federal Plaza, eines massiv gebauten Kolosses aus Stahl, Beton und Glas mitten im Herzen der Stadt. Mühsam und zugleich unaufhaltsam schien das Licht den Kampf mit den zahlreichen Wolken am Himmel aufgenommen zu haben.

Ein Spektakel, das den Mitarbeitern angesichts der Überflutung mit künstlicher Beleuchtung am Arbeitsplatz verborgen blieb. Es gab für sie nun Wichtigeres, als auf den Anfang eines weiteren Spätsommertages zu warten.

Der Besprechungsraum lud mit dem Geruch frisch aufgebrühten Kaffees zu einer Montagbesprechung ein - eine zweifelsohne erfolgreiche Maßnahme, die Scott Goodwin direkt nach der Übernahme der Verantwortung für die gesamte New Yorker BAU eingeführt hatte.

Estrella Fernández war mit Abstand die erste Person, die den Raum mit dem runden Tisch in der Mitte betrat, auf dem verteilt Aktenordner lagen. Sie nahm direkt am Fenster Platz und nützte die Gelegenheit, hinauszuschauen und dabei ihre Fantasie schweifen zu lassen. Auch wenn sie die aufgehende Sonne nur im Hintergrund registrierte, so befand sie sich gedanklich noch beim gestrigen Tag.

»Guten Morgen«, wurde sie leise von Angel Davis begrüßt. Obwohl die Beziehung zwischen beiden nicht immer spannungsfrei gewesen war, mochte Estrella die etwas jüngere Kollegin mit ihrer impulsiven Art. Wenn man Emotionalität anhand körperlicher Merkmale ablesen wollte und sie dem 'sonnennahen' Typus von Menschen zuschrieb, lag man bei diesen beiden Frauen vollkommen falsch. Während Estrella mit ihrem eher dunklen Teint, ihren kurzen, naturdunklen Haaren und körperbetonter Kleidung gewisse Nahbarkeit suggerierte, erwartete man bei der blauäugigen, recht hellhäutigen Angel, deren kurzer, sonst blonder Bob jetzt tiefschwarz gefärbt war, eher weniger Gefühlstiefe. Doch es war genau anders herum.

»Guten Morgen, Angel«, entgegnete Estrella nachdenklich, ohne den Blick vom Fenster zu wenden. Sie wollte keinesfalls unhöflich sein oder ihre Kollegin in die Schranken weisen. Und das, obwohl sie tief im Inneren über die verpasste Chance, Scott noch einmal näher zu kommen, traurig war.

Damals waren wir noch recht jung, am Anfang der Ausbildung beim FBI, ganz weit weg von Zuhause ... Ich - unglücklich verheiratet. Heute stehen die Aktien anders. Diesmal lebt auch Scott getrennt, hat ein fast erwachsenes Kind ..., dachte Estrella wehmütig. *Und eine Beziehung mit Angel. Also muss ich ihn endlich loslassen, ohne 'was wäre wenn' ...*, ergänzte ihr Verstand schnell.

»Und? Wie war dein Wochenende?« Angel schien zu einem Gespräch aufgelegt zu sein.

Estrella seufzte, ehe sie den Blick ihrer Kollegin zuwandte. Vor ihr stand ein Becher heißer Kaffee, aus dem Dampf aufstieg. Plötzlich bekam sie starke Lust, zuzugreifen.

»Hey, habe ich für dich gemacht.« Angel lächelte, als hätte sie es geahnt.

»Du bist ein Engel.« Estrella entgegnete das Lächeln. »Der gestrige Tag war ein schrecklicher Reinfall. Ich habe mir geschworen, meiner Mutter nie wieder einen Gefallen zu tun. Nicht nur, dass ich für sie diesen Blödsinn mit dem kirchlichen Segensspruch mitgemacht habe. Zum Schluss gab es ein Desaster mit einem Hausarzt, den sie als den Auserwählten für mich sah. Grausam.«

»Oh, nein. Du Arme.« Angel klang aufrichtig. »War der Typ so furchtbar?«

»Naja, er sah sehr gut aus; keine Frage. Leider war er für meine Verhältnisse viel zu dogmatisch. Und irgendwie zu konservativ ... Ach, ich weiß nicht. Vielleicht stimmte nur die Chemie zwischen uns einfach nicht ...«

»So ein eifriger Gläubiger wäre mir auch ein Graus, muss ich sagen ...« Angels Stimme verstummte, als der deutlich ältere Kollege, Dr. Bryan Goseburn, den Raum betrat und sich seitlich an die Tür setzte.

»Morgen, die Damen«, brummte er leise. Und obwohl er eine zweifelsohne wichtige Koryphäe auf dem Gebiet der Individualpsychologie war, hielt er sich nicht an die simpelsten Spielregeln der zwischenmenschlichen Kommunikation vor dem ersten Kaffee. Noch ehe die 'Damen' antworten konnten, betraten zwei weitere Männer den Raum und die Runde wurde komplett. Josh McMelma, die 'wandelnde Daten- und Anwendungsbank' des Teams, dicht gefolgt vom Chef, Scott Goodwin.

Während die Gesichter der BAU-Mitarbeiter mehr oder weniger entspannt aussahen, sah ihr Vorgesetzter eher zerzaust aus. Das war das Resultat des von Scott vorgeschriebenen, arbeitsfreien Sonntags, den jeder – mit Ausnahme seiner Person – zur Erholung genutzt hatte.

Ein fehlender erster Blick zwischen ihm und Angel verriet, dass die beiden in letzter Zeit nur wenige Tage miteinander verbracht hatten, was zu einer Spannung zwischen ihnen beitrug. *Das geht dich nichts an!*, ermahnte Estrella sich selbst in Gedanken. *Und außerdem erfährst du es früh genug!*

»Hallo allerseits«, begrüßte Scott sein Team in gewohnter Weise. »Wir haben ganz viel zu besprechen, daher legen wir am besten gleich los. Vorab: Zu welchen Ergebnissen kommt ihr im Fall unserer politischen Affäre?«, fragte er interessiert und schloss die Tür zum Besprechungsraum.

»Wie ich dir schon heute früh berichtet habe«, übernahm Josh McMelma, »fand ich bisher nichts Interessantes, das auf einen Verstoß hindeuten könnte. Ich wühlte mich durch sämtliche E-Mails und Kurznachrichten hindurch. Sie erscheinen mir jedoch sauber.«

»Das sehe ich nicht anders«, bestätigte Estrella. »Anhand der uns vorliegenden Informationen könnte man zwar die Zufriedenheit der E-Mail-Absender mit ihrem Leben, ihrer Beziehung oder einfach ihrer derzeitigen Lage ablesen … Man könnte vielleicht eine Antwort darauf finden, wie stark die Wahlen die Kandidatin belasten. Aber einen Hinweis auf Verrat habe ich bisher nicht gefunden.«

»Gut. Genau das habe ich heute Quantico mitgeteilt, ohne euch gefragt zu haben. Warum?« Scott machte eine kleine Pause. »Weil … uns diese Untersuchung urplötzlich entzogen wurde. Unterschrieben von ganz oben. Nicht nur, dass ich diese Entscheidung nicht verstehe. Eine solche Handlungsweise habe ich in meiner Karriere beim FBI noch nicht erlebt.«

»Da scheinen die politischen Faktoren eine große Rolle zu spielen«, meldete sich Bryan Goseburn zu Wort. «Mich würde es nicht wundern, wenn die Ermittlungen kurz vor der Wahl noch einmal aufgenommen werden. Auch wenn die Anwärterin für das Präsidentenamt unschuldig ist, so würde bereits ein unbegründeter Vorwurf ihrer Wahl schaden. Das ist die wahre Politik …«

»Ich weiß selbst nicht, was das bedeuten soll«, erklärte Scott sichtlich verwirrt. »Fakt ist, dass wir ab sofort freie Kapazitäten haben, was, wenn man darüber nachdenkt, nicht unbedingt schlecht ist. Zumal wir seit der Nacht zum Sonntag mal wieder einen sehr interessanten Mordfall haben. Darrell Logan, der Chief des NYPD, sieht Parallelen zu dem uns bekannten Bombenattentat aus dem Kaufhaus. Aber zunächst gehen wir ein paar Fakten durch, okay? Angel, hast du den Bombenanschlag noch parat? Die Unterlagen liegen für die anderen auf dem Tisch. Tut mir leid, dass ich dich nicht vorgewarnt habe.«

»Jepp«, entgegnete Angel Davis. »Alles okay. Es ist ja noch nicht so lange her.« Mit einem Griff hatte sie bereits die richtige Akte zur Hand. »In der Nacht zum … da steht es gleich … am 10.09, also … Moment… auch an einem Samstagabend, fanden die Sicherheitskräfte vom Time Warner Center einen verlassenen Koffer. Man schlug sofort Alarm und der Koffer konnte gesichert werden. Darin befand sich ein selbstgebastelter Sprengkörper, der beim Aufgehen des Koffers detonieren sollte, es aber nicht tat.

Dennoch war es ein Großeinsatz. Diese Bombe war so dilettantisch entworfen, als hätte sie jemand nach einer Anleitung aus dem Internet gebastelt. Diese Seiten werden oft angeklickt, sodass wir leider unsere Tätergruppe kaum einengen konnten. Es gab auch sonst keine Spuren, keine DNA, keine Fingerabdrücke, die zum Erfolg geführt hätten. Die Bestandteile waren 'gewöhnliche' Materialien, die in jedem Baumarkt frei zugänglich sind. Selbst bei der Suche nach Zeugen sind wir nicht besonders erfolgreich gewesen. Der Täter muss gewusst haben, dass genau diese Stelle im Kaufhaus nicht von Kameras erfasst wurde, oder er hatte wahnsinnig viel Glück … Habe ich noch etwas vergessen?«

»Wenn euch zu diesem Fall nichts weiter einfällt, dann nicht«, entgegnete Scott.

»Okay«, Bryans Interesse war ähnlich wie sein Geist geweckt worden, »haben wir wieder eine Bombe? Oder wie ähnelt der neue Fall dem alten?«

»Auf den ersten Blick kaum«, entgegnete Scott Godwin. »Dank seiner hohen Stellung und der Überzeugung, dass ein Zusammenhang zwischen den Vorfällen existiert, konnte Darrell Logan eine außerplanmäßige Autopsie bereits am Sonntag erwirken, deren Ergebnisse ich euch gleich vorstellen werde. Falls tatsächlich ein Zusammenhang zwischen den Vorfällen existiert und wir von ein und demselben Täter sprechen, ist seine Abkühlphase ungewöhnlich kurz für das erste Verbrechen dieser Art. Das bedeutet, dass wir nicht besonders viel Zeit haben. Ich habe alles für euch zusammengestellt. Josh, kommst du an den Schalter?«

»Klar, Chef.« Die Stimme des IT-Spezialisten verriet trotz der spaßigen Anrede, dass er gespannt war, was ihn erwarten würde. Im gleichen Moment, als er den Schalter betätigte, fuhr die Jalousie herunter. Im nächsten Augenblick erleuchteten Bilder die für Projektionen vorgesehene Wand.

»Zu Anfang habe ich einige Bilder von dem Fall mit der Bombe ausgesucht. Vielleicht fällt euch dazu etwas ein. Wie gesagt, die Stelle selbst wurde von Kameras nicht anvisiert, und die Bilder zeigen lediglich Aufnahmen von Menschen, die überhaupt infrage kämen. Keine der Aufnahmen zeigt die gesuchte Tasche, in der man dann die Bombe fand; vermutlich wurde sie in einem anderen Koffer oder etwas in der Art aufbewahrt, bevor der Täter sie abgelegt hat … Aber selbst mit der Eingrenzung der Ablagezeit ist das Bildmaterial so umfangreich, dass diese Spur wahrscheinlich ins Nirwana führt«, erläuterte Scott. An der Wand erschienen unzählige Bilder, die, begleitet von der Stille im Raum, automatisch wechselten. Spätestens nach dem zehnten Bild war für die Anwesenden klar, dass dies die sprichwörtliche Suche nach der Nadel im Heuhaufen war. Aus der Menge von Menschen mit Einkaufstaschen, Koffern und sonstigem Gepäck genau die Person zu finden, die zuvor oder danach einen Koffer abgelegt hatte, schien eine unmögliche Aufgabe zu sein.

»Vermutlich wurde schon jemand darauf angesetzt, die Auffälligkeiten auf dem vorliegenden Bildmaterial zu untersuchen, oder?«, fragte Josh sachlich.

»Richtig«, antwortete Scott. »Keine Erkenntnisse, die für uns relevant sein könnten. Daher komme ich schon zu unserem jüngeren Mord.« Scott übersprang die Bilder im Schnelldurchlauf. Sie zeigten das Räumkommando und Zuschauer – Momentaufnahmen, die man vor der Markierung des Fundortes gemacht hatte.

»Die Bombe ist damals doch nicht explodiert …«, setzte Estrella fort. »Könnte es sein, dass unser Täter das auf irgendeine Weise gewusst hat? Er muss doch frustriert gewesen sein?«

»Guter Einwand«, lobte Scott. »Auch das wurde bereits untersucht. Der Fall wurde wegen seines mutmaßlich terroristischen Charakters gleich an die Homeland Security weitergeleitet, bevor der Fall wieder nach Quantico ging. Wir können davon ausgehen, dass die Kollegen das bereits gründlich untersucht haben; denn in der Akte steht ein Vermerk, dass aufgrund der vorhandenen Bilder vom Tatort kein Verdacht geäußert werden konnte. Aber wir können natürlich noch einen Blick drauf werfen. Wollen wir uns den neueren Fall näher anschauen? Schließlich bin ich euch auch die Erklärung schuldig, warum sich diese so unterschiedlichen Verbrechen ähneln sollen.«

Scott bemerkte, wie sein Team wie gebannt auf die Wand starrte und die Frage lediglich durch ein Kopfnicken beantwortete. Das war kein Wunder, denn zur gleichen Zeit erschienen darauf die aktuellsten Bilder vom Fundort.

»Es handelt sich um zwei Leichen. Der Mann, der als Liam Bishoff identifiziert wurde, liegt rücklings auf dem Gras. Unter einem Baum und mit gestreckten Beinen … Sein rechter Arm … Seht ihr das? Der ist leicht gebeugt und um das Opfer gelegt, das bäuchlings auf ihm liegt. Das weibliche Opfer haben wir noch nicht identifizieren können. Liam Bishoff war wegen eines Verkehrsunfalls, bei dem vier Menschen starben, vorbestraft, daher konnte er recht schnell identifiziert werden. Es ist schon lange her und er bekam Bewährung.«

»Am Fundort befindet sich erstaunlich wenig Blut. Das ist nicht der Tatort, oder?«, meldete sich Bryan Goseburn diesmal zu Wort.

»Genau das ist mir auch aufgefallen«, erwiderte Scott zufrieden. »Das ist kein Tatort. Die Leichen wurden wie ein Liebespaar inszeniert. Sie sind nackt und hatten offensichtlich vor ihrem Tod Geschlechtsverkehr. Oder sie wurden zu einem solchen gezwungen. In der Vagina und der Mundhöhle des weiblichen Opfers fand man Spermien des männlichen Opfers. Unklar ist, ob es tatsächlich zum Geschlechtsakt kam oder die Spermien auf anderem Wege hineingelangt sind. Außerdem weist der weibliche Torso zahlreiche Verletzungen auf – besonders im Vaginalbereich. Das Opfer wurde vor seinem Tod mehrfach vergewaltigt. Dagegen der Mann 'nur' erstochen, wobei beide zu Lebzeiten gefesselt waren. Sie starben an Verblutung infolge der zahlreichen Stichverletzungen. Logans und meine Vermutung, dass die Leichen post mortem mehrmals umgelagert worden sind, wurde durch die beidseitigen Totenflecke auch durch die Gerichtsmedizin bestätigt. Aber das ist noch nicht alles an gruseligen Neuigkeiten.«

Scott wechselte zu einer weiteren Aufnahme, die die Opfer von einer anderen Seite zeigte. »Ich denke, ihr werdet es nicht so genau sehen können, auch wenn die Aufnahme es schon andeutet. Als der Täter die Opfer positionierte, setzte rigor mortis bereits ein. Wenn man schulbuchmäßig vorgeht und mit einberechnet, dass sich die Opfer gewehrt haben, so kann es etwa zwei Stunden nach dem Tod gewesen sein. Wenn ihr auf das Bild schaut, werdet ihr sehen, dass die Leichname irgendwie unnatürliche Positionen haben. Das liegt daran, dass die Leichenstarre in der Sitzposition eingesetzt hat, was uns zu der Annahme bringt, dass die Opfer im Sitzen gestorben sind.«

»Wenn er ein Sadist ist …«, übernahm Estrella das Wort, »… dann ließ er sie womöglich beim Sterben des anderen zuschauen. Die Verletzungen im Vaginalbereich des weiblichen Opfers weisen darauf hin. Also haben wir es womöglich mit einem sadistischen, heterosexuellen Mann zu tun?«

»Das würde ich nicht ausschließen. Diese Tat ist sexuell motiviert.« Scott sah Estrella an, sich wohl bewusst, dass Angel diesen Blick registriert hatte. Dennoch wollte er sich nicht der Reaktion berauben, die er Estrellas Gesichtszügen entnehmen könnte, wenn er weitere Informationen zum Fall gab. »Es sieht zumindest so aus. Aber ich habe versprochen, dass es noch gruseliger wird. Der Torso des Mannes …«, Scott klickte ein weiteres Bild an, das er aus der Gerichtsmedizin bekommen hatte, »… weist eine weitere Verletzung auf. Genaugenommen fehlt dort ein Stück, das wir im Gras fanden. Noch am Fundort konnten wir es als einen Rippenknochen des männlichen Opfers identifizieren – die Gerichtsmedizin bestätigte unsere Vermutung.«

»Rippe?« Nun war Estrella erstaunt. »Bei diesem Wort muss ich sofort an meinen gestrigen Tag in der Kirche denken. Verrückt! Die wohl berühmteste Rippe ist die biblische von Adam.« Man sah ihr an, dass sie der gestrige Tag immer noch beschäftigte.

»Und wenn ich euch sage, dass wir neben den Leichen auch noch einen Apfel, einen Klapperschlangenkadaver und ein Schwert fanden?« Scott triumphierte. »*Und er trieb den Menschen hinaus und ließ lagern vor dem Garten Eden die Cherubim mit dem flammenden, blitzenden Schwert, zu bewachen den Weg zu dem Baum des Lebens. (1.Mose 3, 24)*«

Stille. Wie Scott es erwartet hatte.

»Moment«, meldete sich Bryan Goseburn zu Wort. »Du willst uns erzählen, dass wir es hier tatsächlich mit einem Fanatiker zu tun haben? Hä? Er hat eine Szene aus der Bibel nachgestellt? Mit der allerältesten uns bekannten biblischen 'Beziehung' der Welt?«

»Sieht es nicht so aus?«, fragte Scott in die Runde. »Also mir fällt es schwer, das anders zu sehen, muss ich zugeben. Vielleicht bin ich vorbelastet … Nachdem ich den ganzen Sonntag damit verbracht habe, herauszufinden, was dahinter stecken könnte, erscheint mir diese Erklärung immer plausibler. Wir haben es hier mit einem religiösen Fanatiker zu tun.«

»Na gut«, Angel war unschlüssig, »…aber …der Zusammenhang zu dem Bombenattentat? Wie willst du das erklären? Noch sehe ich nicht mal einen Hauch von Ähnlichkeit. Im Gegenteil. Und schon gar keine sexuelle Komponente …«

»Verstehe ich. Kurz nach dem misslungenen Bombenattentat hat ein Straßenjunge einem zuständigen Officer einen Zettel übergeben. Es hat gedauert, bis der Polizeibeamte einen möglichen Zusammenhang zu dem misslungenen Attentat sah. Der Junge verschwand so schnell, wie er aufgetaucht war, und konnte nicht mehr aufgefunden werden. Logan und ich mutmaßten, dass der Täter gehofft hatte, die Bombe würde explodieren. Aber sie hätte damit den Zettel zerstört. Dies sollte nicht passieren, also schickte er einen 'Boten'. Hier ist der Schnipsel.« Scott klickte auf ein weiteres Bild, auf dem ein Ausschnitt aus der Bibel geschrieben worden war.

Es war eine vergilbte Seite aus einem alten Buch, auf der stand: *Am Anfang schuf Gott Himmel und Erde. Und die Erde war wüst und leer und es war finster auf der Tiefe; und der Geist Gottes schwebte auf dem Wasser. Und Gott sprach: Es werde Licht! Und es ward Licht.*

»Diese Passage ist aus dem ersten Buch Mose, aus der Genesis«, fuhr Scott fort. »Damals hat es etwas gedauert, bis man den Zusammenhang zur Tat sah. Diesmal wurde die von mir über Adam und Eva zitierte Passage dem männlichen Opfer post mortem in die Hand gelegt. Der Täter wollte sicher sein, dass wir sie finden.«

»Und diese Zettel sollen den Zusammenhang erklären? Ist das nicht zu sehr an den Haaren herbeigezogen?«, bezweifelte Angel.

»Ich verstehe eure Bedenken. Ich hatte zunächst ähnliche. Ein Mord und ein Attentat? Das passt nicht zusammen! Nur … Das Papier sieht so verdammt gleich aus. Fast zum Verwechseln. Natürlich habe ich die Beweisstücke zur Untersuchung ins Labor schicken lassen. Einen Trittbrettfahrer wollen wir ausschließen. Die Fachleute sollen sich damit beschäftigen, ob Logan und ich recht haben, dass es von ein und derselben Person stammt. Ich verwette meinen Kopf, dass es so ist.«

»Moooment«, übernahm diesmal Estrella das Wort, »angenommen, dass es der gleiche Täter ist. Dann… Was ist die Botschaft? Stellt er die Bücher Mose mit seinen Opfern dar? War das Attentat sowas wie eine 'Schöpfung'? Und das Opferpaar sowas wie die Geschichte von 'Adam und Eva'? Das ist doch vollkommen verrückt!«

»Das ist ein Wahnsinn!« Josh war entsetzt. »Ist das irgendwie chronologisch? Ich bin in dem Kirchenzeug nicht so bewandert.«

»Wenn wir annehmen, dass es sich hier um einen fanatischen Christen handelt«, erklärte Estrella, der biblisches Wissen aus der Kindheit unangenehm vertraut war, » …dann ist es chronologisch aufgebaut. In der Genesis folgt nach der Schöpfungsgeschichte die Geschichte von Adam und Eva, Kain und Abel, die Rettung Noahs und die Geschichte des Turmbaus zu Babel … Fragt nicht, woher ich das alles so genau weiß.«

»Fuck«, entfuhr es Josh. »Dann wären als nächstes Kain und Abel dran? Suchen wir etwa nach entführten Männern?«

»Ähm, ja?« Scott konnte nicht fassen, dass nicht ihm diese so nahliegende Idee gekommen war. »Verdammt, ja! Vielleicht sind wir dem Täter doch einen Schritt voraus.«

»Eine Frage«, Bryan unterbrach plötzlich die Euphorie, »wenn alles wirklich so ist und wir uns nicht in eine falsche Theorie verrennen … Würde es bedeuten, dass wir uns am Anfang der Mordserie befinden? Die Anzahl der Stichwunden deutet auf einen Overkill hin. Vielleicht sogar auf eine persönliche Beziehung, was ich im vorliegenden Fall bezweifeln möchte. Als wäre der Mann gerade losgelaufen…«

»Nun«, Scott wischte sich mit der Hand über die Stirn, »beide Opfer zeigen tatsächlich eine auffällig hohe Anzahl an Stichverletzungen. Einen Overkill schließe ich nicht aus. Durchaus alles vorstellbar.«

Das Telefon klingelte plötzlich.

Gonna Fly Now, die Musik von Rocky, schallte durch die Luft, als wollte sie den schöpferischen Durchbruch im neuesten Fall unterbrechen. Aus dem Augenwinkel sah Scott, wie Angel das Grinsen nicht unterdrücken konnte, während er die Sperrtaste seines Handys löste.

»BAU-Zentrale, Supervisory Special Agent Scott Goodwin«, meldete er sich in den Hörer.

Dann hörte er zu.

Während er mit zunehmend bleicher Gesichtsfarbe die neuesten Informationen empfing, herrschte im Raum totale Stille. Jeder wusste, dass dieser Anruf von enormer Bedeutung war. Das konnten sie nicht nur den entsetzten Gesichtszügen ihres Chefs entnehmen. Wenn Scott ihre Besprechung auf diese Weise unterbrach, ohne seine Gegenüber auf später zu vertrösten, dann war es enorm wichtig.

Nach einigen Minuten, in denen Scott lediglich das Gesagte mit einem nichtssagenden 'Hmm' bestätigte, legte er ohne sich zu verabschieden auf, was ebenfalls ungewöhnlich für ihn war.

Er kratzte sich am Kopf.

»Das war ein Anruf aus der Gerichtsmedizin. Sie konnten die Ehefrau des männlichen Opfers erreichen, die behauptet hat, dass ihr Ehemann mit seiner Tochter weggefahren sei. Sie hat sich keine Sorgen gemacht, weil beide in eine Waldhütte fahren wollten, in eine Gegend mit sehr schlechtem Handyempfang. Eigentlich sollte es ein Familienausflug werden, doch der Frau kam plötzlich etwas dazwischen, weshalb sie zu Hause geblieben ist. Daraufhin untersuchten die Gerichtsmediziner im Schnellverfahren die DNA der Opfer und die der im weiblichen Körper gefundenen Spermien. Man hat eine erschreckende Übereinstimmung der Ergebnisse gefunden.«

»Das bedeutet, dass unser 'Liebespaar' in Wirklichkeit ein Vater und eine Tochter sind?«, stammelte Angel Davis entsetzt.

»Zumindest schließt man es nicht mehr aus, zumal die DNA des weiblichen Opfers mit der des männlichen zu 50% übereinstimmt, wie inoffiziell bestätigt worden ist. Die Spermien stammen definitiv vom Vater.« Die Wucht dieser Erkenntnis schien auch Scott endgültig erfasst zu haben.

Kapitel 8

Als etwas später Estrella Fernández das Büro von Scott Goodwin betrat, saß ihre Kollegin bereits an dem stilvollen Tisch aus Mahagoni über einen geöffneten Aktenordner gelehnt. Es war zweifelsohne der luxuriöseste Raum, den die BAU zu bieten hatte, was dem erlesenen Geschmack von Scott zu verdanken war. Angel hob den Kopf an und lächelte.

»Er kommt gleich und hat gebeten, dass du dir schon mal die Akten ansiehst.« Dann verschwand das Lächeln aus ihrem Gesicht. »So, wie es aussieht, müssen wir Mrs. Bishoff besuchen. Sie wurde bereits benachrichtigt, dass ihr Mann und ihre Tochter ermordet wurden, nachdem die DNA offiziell bestätigt wurde. Da sie einen Schock erlitten hat, wurde ein psychologischer Beistand organisiert. Sie ist zwar in einem miserablen Zustand, doch es wurde uns erlaubt, mit ihr zu sprechen. Wir sollen behutsam sein. Scott fand es sinnvoller, wenn wir beide das übernehmen.«

»Püh …« Estrella spürte, dass das keine leichte Aufgabe werden würde. »Was weiß sie über die Tat?«

»So gut wie gar nichts«, entgegnete Angel, während sich ihre Kollegin zu ihr an den Tisch setzte. »Sie wollte beide Opfer sehen … Wir geben ihr etwas Zeit, sich in der Situation zurechtzufinden. Daher noch keine Freigabe der Leichname. Über die Bilder der Opfer hat sie die Identität jedoch bereits bestätigt.«

Estrella seufzte. »Stehen in den Unterlagen noch weitere Informationen zu den Opfern?«

»Nun«, Angel fasste die Eckdaten zusammen, »der Mann wurde als Liam Bishoff identifiziert. Er ist Banker … gewesen. Zum Todeszeitpunkt war er 46 Jahre alt, wie seine Akte von einem Verkehrsunfall zeigt. Schau mal …« Auf dem Foto konnte man einen für sein Alter attraktiven, gebräunten Mann mit lockigem Kurzhaar sehen.

»Und das ist seine Tochter Ruby Bishoff. Sie war sechzehn. Josh fand inzwischen jede Menge Bilder von ihr in den Social Media. Allem voran bei Facebook und auf Instagram. Auf allen Bildern lächelnd; es gibt keine Hinweise auf Mobbing oder etwas in dieser Art. Auf einigen Fotos wurde sie mit ihren Eltern fotografiert. Aber etwas Auffälliges, das auf einen Missbrauch oder eine Misshandlung des Mädchens durch den Vater schließen ließ, konnten wir nicht finden. Außer des üblichen 'Die-Eltern-sind-doof-Geredes', wie es in diesem Alter normal ist ...«

»Fuck!«, entfuhr es Estrella. »Ist dir klar, dass wir genau diese Frage der Mutter werden stellen müssen?«

Einige Augenblicke später öffnete sich die Tür zum Büro und Scott trat ein.

»Super, dass ihr beide anwesend seid«, seine Stimme klang ernst, »also, wir haben das Okay von der Staatsanwaltschaft nur deshalb bekommen, weil ich ausdrücklich auf die Dringlichkeit der Befragung hingewiesen habe. Nun, dann solltet ihr jetzt zu ihr fahren. Bitte, denkt aber daran, sehr behutsam zu sein. Man darf nicht vergessen ... Ihren Mann und ihre Tochter hat sie vor wenigen Stunden anhand der wenig angenehmen Bilder identifiziert; alles ist noch recht frisch. Arme Frau ...« Schnellen Schrittes ging er zu seinem Schreibtisch und setzte sich dahinter. Das bedeutete, dass die weitere Unterredung von kurzer Dauer sein würde.

»Was weiß sie genau über den Ermittlungsstand?«, fragte Angel.

»Nicht viel, außer dass beide tot aufgefunden worden sind«, entgegnete Scott. »Sie kennt nicht mal den Fundort der Leichen. Am besten halten wir uns mit allen Informationen zurück.«

»Okay, Chef.« Normalerweise benutzte Angel diese Bezeichnung ihres Vorgesetzten dazu, ihn zu veralbern oder zu ärgern. Diesmal drückte sie damit bedingungslose, berufsbedingte Akzeptanz aus. »Estrella, können wir meinen Wagen nehmen, wenn es dich nicht stört?«

»Nein, ich bin gleich da … Habe meine Tasche auf meinem Schreibtisch liegen lassen. Treffen wir uns gleich unten?«

»Manchen wir«, antwortete Angel und sah zu, wie Estrella den Raum verließ.

»Warum schickst du ausgerechnet uns beide dorthin?«, fragte Angel ohne Umschweife, als die Tür hinter ihrer Kollegin zugefallen war. »Du weißt doch, dass zwischen uns eine gewisse Spannung herrscht …«

»Ja, und darum wird es Zeit, dass sich das ändert. Wir sind jetzt ein Team! Die Vergangenheit spielt keine Rolle«, erwiderte Scott überzeugt. »Außerdem fällt mir niemand ein, der für diese Aufgabe besser geeignet wäre als ihr beide. Lass Estrella die Chance, ins Zimmer des Mädchens hineinzuschauen, ehe ihr der Mutter die schlimmste aller Fragen stellt, okay?«

»Mache ich«, bestätigte Angel, sich dessen bewusst, dass dies keine leichte Aufgabe werden würde, und stand auf. »Dann legen wir mal los, nicht? Je länger wir warten, desto schwerer wird es.«

»Ich weiß.« Auch Scott erhob sich und ging zur Tür, um diese für sie aufzuhalten. Er konnte den Duft ihrer Haare wahrnehmen, der ihn so verrückt machte, und als sie an der Tür angekommen war, packte er sie behutsam, aber fest am Arm. Angel war überrascht.

»Ich werde«, flüsterte Scott in ihr Ohr, » … den ganzen Stress heute Abend mit einem Wein und einer Schultermassage verschwinden lassen, okay? Es tut mir leid, wenn ich gestern nicht mehr zu dir gekommen bin. Aber … Du fehlst mir.«

»Du mir auch«, entgegnete Angel und küsste Scott liebevoll. »Ich freu mich schon auf heute Abend.« Mit diesen Worten verließ sie das Büro ihres Vorgesetzten.

*****

Kaum eine halbe Stunde später bog ein kleiner silberner Toyota in eine der Straßen von Queens ein. Beherrscht von Ein- bis Zweifamilienhäusern bot die sehr sauber gehaltene Straße mit ihren offensichtlich soeben geleerten, schief hingestellten Mülltonen einen gutbürgerlichen Anblick. Einige der Einwohner waren dabei, die Abfallbehälter hinter ihre Häuser zu ziehen, wo man sie vor der Öffentlichkeit versteckte.

Estrella konnte trotz dieses Anblicks den Bildern in ihrem Kopf nicht entkommen, die sie bei der Arbeit zu sehen bekamen. Menschenüberreste entsorgt im Müll … meist durch reinen Zufall wiedergefunden …

»Weg ist der Müll. Was auch immer es war!«, bemerkte Angel, während sie den Wagen in eine Parklücke steuerte. Ganz offensichtlich wurde sie gerade von ähnlichen Erinnerungen geplagt. Statt eine Antwort zu geben, zuckte Estrella mit der Schulter. Sie dachte daran, dass sie gleich mit einer Mutter konfrontiert werden würde, die ein Kind verloren hatte. Und als wäre das nicht genug – auch ihren Mann. Daran konnte nicht mal die Sonne etwas verbessern, die durch die Blätter der rot-orange-braun gefärbten Bäume Wärme im Herzen erzeugte.

»Okay«, auch Estrellas Anspannung war deutlich rauszuhören, »wie gehen wir nun vor?«

»Ich nehme mir die Frau vor und du kümmerst dich um die persönlichen Sachen der Tochter, falls sie uns in ihr Zimmer hineinlässt. Alles ist wichtig. Vor allem, wenn es ihre Beziehung zum Vater beleuchtet. In ihrem Alter könnte es sein, dass sie sowas wie ein Tagebuch geführt hat. Oder etwas Ähnliches …«

»Einverstanden. Sobald du die Frau nach der Beziehung zu ihrem Vater fragen wirst, könnte es passieren, dass sie uns hinauswirft. Damit müssen wir rechnen! Also nicht zu voreilig.«

»Das habe ich auch bedacht und werde es mir bis zum Schluss aufheben. Vielleicht finden wir einen passenden Augenblick, oder noch besser – die passenden Worte …« Angel war plötzlich unsicher, ob es ihnen gelingen würde. Die Situation erforderte mehr Fingerspitzengefühl als jedes Gespräch mit den Eltern der Opfer, die sie bisher begleiten mussten. »Los, es wird nicht leichter, wenn wir im Auto sitzen bleiben!«

Auf eine Reaktion des Klingelns an der Tür des weißen Einfamilienhauses mussten die Ermittlerinnen nicht lange warten. Die Tür ging auf, und eine traurige Frau mittleren Alters stand darin, deren Gesichtszüge ihnen vertraut vorkamen.

»Wir sind vom FBI, Ma'am«, erklärte Angel und wählte eine längere Vorstellungsfloskel, um der Frau die Chance zu geben, so wenig Fragen zu stellen, wie es nur möglich war.

Vor allem nicht die Frage nach dem plötzlichen Interesse des FBI für den Tod zweier Familienmitglieder. In der Regel rechneten die Menschen in solchen Fällen eher mit der 'gewöhnlichen' Polizei.

»Konkret von der BAU«, fuhr sie fort. »Wir gehören zu einer Verhaltensanalyseeinheit des FBI. Das ist meine Kollegin, Special Agent Estrella Fernández, und ich bin Special Agent Angel Davis. Dürfen wir hinein kommen?«

Die Frau nickte geistesabwesend und ließ sie ein. »Meine Schwägerin schläft noch. Sie hat starke Mittel bekommen. Bis dahin soll ich den Haushalt übernehmen und alle Fragen bezüglich meines Bruders ... ähm ...«, sie verbesserte sich und man konnte aufsteigenden Tränen sehen, »... verstorbenen Bruders klären. Ich dachte, wir hätten bereits alles der Polizei gesagt.«

Dass die Frau keine Fragen zur Anwesenheit des FBI stellte, war ein gutes Omen. Oder ein tief sitzender Schock über den kürzlich erfahrenen Verlust. So oder so bedeutete es, dass sie wenig konkrete oder besser gesagt unangenehme Fragen zu den laufenden Ermittlungen stellen würde, und das war gut so!

»Dürften wir hier kurz warten, bis Ihre Schwägerin aufwacht? Wir würden sie gerne befragen«, setzte Angel fort.

»Wenn es Ihnen hilft, dieses Monster zu finden, nur zu! Es war ein Mord, nicht wahr?« Sie wischte sich die aufsteigenden Tränen am Ärmel ab. »Falls Nancy überhaupt helfen kann. Übrigens, ich heiße Donna Seymour und bin Liams Schwester.« Die Frau war zerstreut. »Habe vergessen, mich vorzustellen, glaube ich.«

»Kein Problem«, übernahm Estrella das Gespräch. »Macht es Ihnen etwas aus, wenn wir uns im Haus umsehen? Manchmal hilft uns das.«

»Nur zu!«, entgegnete Donna. »Aber machen Sie bitte keine Unordnung - wie die Polizisten vor Ihnen. Ich habe keine Lust mehr, wieder aufzuräumen. Ein paar von denen waren schon heute früh da und haben mit Nancys Erlaubnis alles durchsucht«, erklärte sie resigniert.

Während sich Angel mit Donna in die Küche entfernte, nutzte Estrella die Gelegenheit, in die obere Etage zu wechseln, wo sie das Kinderzimmer des Mädchens vermutete. Und sie wurde nicht enttäuscht. Ein kurzer Blick in die anderen, teils chaotisch wirkenden Zimmer verriet die Tatsache, die ihnen ohnehin bekannt war - dass Ruby ein verwöhntes Einzelkind war; die weiteren Zimmer waren das Arbeitszimmer des Vaters, das Schlafzimmer der Eltern und ein geräumiges Badezimmer.

Auch wenn zweifelsohne alle diese Zimmer nicht uninteressant waren, so konzentrierte sich Estrella vorwiegend auf das Zimmer des Mädchens. Die Kollegen vom NYPD waren nur ganz kurz im Haus gewesen, weil die Tat noch so 'frisch' war und sie erst einen Durchsuchungsbefehl benötigten. Also gab es Chancen, dass sie interessante Informationen zum Leben des Mädchens in seinem Zimmer finden würde. Die anderen Räume waren dagegen von untergeordneter Bedeutung.

Rubys Zimmer entsprach dem Zimmer eines ganz normal entwickelten, sechzehnjährigen Mädchens. Wie viele Mädchen nach der Pubertät mochte es offensichtlich wieder pink als Farbe. Pinke Blüten um einen verspielten Wandspiegel, Vorhänge in hellrosa, wie auch andere kleine Accessoires, die zusammengenommen etwas Kindliches an sich hatten und dennoch bei Halbwüchsigen wieder 'in' waren.

An den Wänden, die in einer dezenten, rosa Farbe gehalten wurden, waren bekannte Stars der Medienbranche mit kaugummiähnlichen Tesastrips fixiert. Das erinnerte Estrella an ihre eigene Kindheit. Mit einer einzigen Ausnahme: Ruby besaß, wie auch andere Vertreter ihrer Generation, sowohl männliche als auch weibliche Vorbilder. Aus ihrer Kindheit erinnerte sich Estrella nur an eine weibliche Sängerin - mit dem Namen Madonna, der sie damals deutlich weniger Wandfläche als den männlichen Vertretern der Musikbranche geschenkt hatte.

In Rubys Zimmer spürte man sowohl eine unberührte, kindliche Seele als auch den durchaus reifenden Geist eines Teenagers.

Ein großer Schrank, ein Bett, eine Schminkkommode, ein Wandspiegel und ein Schreibtisch, zählte sie in Gedanken die vorhandenen Möbel auf. *Vieles in Weiß gehalten; das Zimmer eines Mädchens, das im Begriff war, eine glückliche Kindheit hinter sich zu lassen, um nun langsam erwachsen zu werden. Wo würde ich in ihrem Alter, in einem solchen Traumzimmer, meine Schätze aufbewahren?*

Mit einem schnellen Schritt war sie am Bett des Mädchens und suchte die Matratze ab. Aber sie fand gar nichts. Ebenfalls nicht im Schrank oder auf den mit Tinnef überfüllten Wandregalen. Was ihr auffiel, war, dass das Zimmer zunächst einen recht ordentlichen Eindruck machte. Nur auf den zweiten Blick sah man, dass das Mädchen nicht so übertrieben ordentlich war, was es recht sympathisch machte.

Noch eine Sache, die mich an meine Kindheit erinnert, ging es Estrella durch den Kopf. *Schubladen waren bei uns sehr beliebt. Sie waren offensichtlich und dennoch konnte man darin seine Schätze verstecken.* Sie eilte zum Schreibtisch und öffnete eine der Schubladen. Wieder nichts… Ebenfalls nicht in den anderen beiden, wenn man von dem Chaos absah, das darin herrschte.

Mütter schauen selten ganz genau in Schränke rein, wenn ein Kind das Zimmer aufräumen soll, erinnerte sie sich. *Vielleicht war das nicht nur bei mir so?* Doch der Schrank war peinlich genau aufgeräumt. Das hieß, dass Rubys Mutter hineinsah – anders als in die Schreibtischschubladen. Also lief sie nochmal hin.

Nichts, stellte sie enttäuscht fest.

Als Estrella die Schubladen wieder zuzog, fiel ihr auf, dass sie nicht bündig abschlossen. Sie grinste. *Da habe ich dich!*, sagte sie zu der imaginären Ruby und zog die Schubladen nacheinander aus dem Schreibtischcontainer. *Bingo!*

Zum Vorschein kamen einige Bilder eines Jungen in Rubys Alter. Als sie ein Bild umdrehte, sah sie kleine, gekritzelte Herzchen. Dann sah Estrella einige Skizzen, die dem Mädchen offenbar sehr wichtig waren. Diese Zeichnungen waren verdammt gut und verrieten, dass der Urheber definitiv ein künstlerisches Talent besaß.

Zwar waren die anatomischen Proportionen der gezeichneten Tiere, meist Pferde, noch nicht so präzise ausgereift, wie man es von einem Künstler erwartet hätte, doch sie wiesen eine gekonnte Umsetzung auf. Neben den Pferden waren darin auch Skizzen von Wiesen, Blumen und einigen Gesichtern enthalten. Estrella packte die Bilder in ihre Tasche und war dankbar, dass sie diesmal ein großes Exemplar aus ihrer umfangreichen Kollektion mitgenommen hatte.

Das Tagebuch, das unter einer der Schubladen angeklebt worden war, fiel ihr erst auf, als sie die Schubladen wieder einhaken und zurückschieben wollte. Sie griff schnell danach und steckte es in ihre Tasche, als sie Schritte an der Treppe vernahm. Dann beseitigte sie eilig die Spuren ihrer Recherchen.

Donna Seymour trat ein. »Sie ist schon immer ein fröhliches Mädchen gewesen. Wer tut denn so etwas? Und … warum? Und … warum meinen Bruder auch noch?«

»Ich wünschte, ich hätte jetzt eine Antwort auf Ihre Fragen«, entgegnete Estrella wahrheitsgemäß, froh darüber, dass sie zuvor noch daran gedacht hatte, ihre Kleidung zu richten. Warum eine Ermittlerin auf dem Boden gesessen hatte, wollte sie heute nicht erklären müssen. »Wir werden es aber herausfinden. Und diesen Mann für all das hinter Gitter bringen. Das kann ich Ihnen versichern!«, versprach sie.

Stille.

Sie sah zu, wie Donna um Fassung rang und witterte die Chance, der Tante ein paar knifflige Fragen über ihre Nichte zu stellen.

»Hatte Ruby eigentlich einen Freund? Oder sowas in der Art?«

»Ruby?« Donna Seymour schaute überrascht. »Nein, sie hat keinen Freund. Das Einzige, was sie immer im Kopf hat, ist das Zeichnen … Ach, und ihre Pferde natürlich. Wobei mein Bruder sehr unzufrieden mit dem Zeichnen ist, weil Ruby die Schule vernachlässigt. Er hat es ihr verboten, solange die Schulleistungen mäßig sind. Nur in den Ferien darf sie uneingeschränkt zeichnen.«

Estrella fiel auf, dass die Frau im Präsens über ihre Nichte sprach, was sie darin bekräftigte, dass sie den Gedanken an Rubys Tod noch nicht zugelassen hatte.

»Wie war das Verhältnis zwischen Ruby und ihrem Vater?« Estrella entschied sich, etwas forscher zu sein und weckte damit sofort Donnas Misstrauen.

»Warum wollen Sie denn das wissen?«

»Wir müssen alles erfragen, das uns vielleicht helfen könnte, den Mord aufzuklären«, entgegnete Estrella ruhig. »Und zwar auch die Dinge, die uns derzeit nicht wichtig erscheinen mögen. Helfen Sie mir, den Täter zu finden, bitte.«

»Ich habe gehört, dass er sie beide umgebracht hat. Nur wie? Und wo?« Tränen stiegen ihr in die Augen. »Es gelingt mir immer weniger, tapfer zu sein, obwohl ich es versuche. Als ich zufällig am Sonntag im Fernsehen die Nachrichten hörte, dachte ich doch niemals, dass es meine Familie betreffen würde!« Donna schluchzte. »Was hat man ihnen angetan?«

Estrella ignorierte die Frage. »Hatte Ihr Bruder irgendwelche Feinde? Oder vielleicht Ihre Nichte?«

»Feinde?« Donnas Gesicht zeigte erneut Verwunderung. »Mein Bruder ist ein wirklich fürsorglicher Vater und ein ehrlicher Mensch. Wissen Sie, er musste früher sehr viel auf mich aufpassen, obwohl er nur drei Jahre älter ist. Unsere Mutter nahm es nicht so genau mit den elterlichen Pflichten; manchmal ließ sie uns über Nacht allein. Vielleicht ist mein Bruder deshalb etwas strenger mit seiner Tochter umgegangen – schließlich ist sie sein ein und alles. Für Ruby hatten sie sich beide immer viel Zeit genommen. Dafür umso weniger für sich selbst und die Freunde. Und entsprechend hatten sie keine Feinde. Nein, hier drehte sich alles um Ruby.«

»Und Ruby? Hatte sie Freunde in der Schule, die sie nicht mochten?«, fragte Estrella erneut. »Wie war ihr Verhältnis zu ihrem Vater wirklich? Ich kann mich erinnern, dass dieses Alter zu Hause bei uns eher schwierig war.«

»Haben Sie Kinder, Special Agent … ähm …« Donnas Stimme blieb hängen.

Die Ermittlerin lächelte sie an. » … Estrella Fernández«, beendete sie den Satz. Donna schaute erleichtert. »Nein, ich habe leider keine Kinder. Ebenfalls keine Geschwister. Ich war ein Einzelkind mit großem Geschwisterwunsch. Leider wurde daraus nichts«, antwortete sie so ehrlich, dass sie selbst darüber erstaunt war.

»Ich habe zwei Kinder.« Donna zuckte mit der Schulter. »Jungs. Eineiige Zwillinge. Sie sind gerade etwas jünger als Ruby, dreizehn, doch ich kann wohl behaupten, dass es keine Kinder gibt, die normal entwickelt sind und sich immer bestens mit ihren Eltern verstehen. Ruby und Liam geraten oft aneinander, wenn es um ihre schulischen Leistungen geht. Aber tief im Inneren sind sie ein Herz und eine Seele. Waren sie schon immer.«

»Eine letzte Frage vorerst«, Estrella wollte das ihr geschenkte Vertrauen nicht mit unnötigen Fragen zerstören, »hat sich in letzter Zeit etwas im Leben der beiden verändert? Ist Ihnen etwas Besonderes aufgefallen, was Ihnen seltsam vorgekommen ist? Lassen Sie sich ruhig Zeit mit der Antwort.«

»Das muss ich gar nicht. Ich habe lange darüber nachgedacht. Aber mir fällt beim besten Willen nichts ein.« Tränen liefen Donna über die Wangen. »Dieser Ausflug sollte eine Überraschungsparty für Liam werden, daher wollte Nancy erst später nachkommen. Er hätte sich wirklich darüber gefreut, zumal ich ihm versichert hatte, dass mein Mann und ich keinen Urlaub bekommen würden, um seinen Geburtstag mitzufeiern. War natürlich gelogen.« Die Realität holte sie ein. »Nun brauche ich keinen Urlaub mehr …«

Donna schaute so unglücklich, dass sich Estrella bei dem Bedürfnis ertappte, diese dürre, nicht besonders attraktive Person in die Arme zu schließen.

Meine brasilianische Seite geht wieder mit mir durch, stellte sie fest und versuchte dem emotionalen Wunsch zu widerstehen.

Als plötzlich Donna schniefte und mit versucht beherrschter Stimme fragte, ob Estrella schon mit ihrer Untersuchung fertig sei, war der magische Moment wie weggeweht.

»Ich glaube, vorerst schon«, entgegnete Estrella, prüfte unauffällig, ob ihre Tasche gut verschlossen war, und folgte Donna Seymour auf dem Weg zum Wohnzimmer, wo Angel in der Hoffnung verharrte, ein paar Sätze mit Nancy Bishoff zu wechseln.

»Sie schläft immer noch«, sagte sie enttäuscht, als sie ihre Kollegin in Begleitung von Donna kommen sah. Rubys Tante zuckte erneut unschlüssig mit der Schulter.

Im gleichen Augenblick sah Angel, dass Estrella eine winzige, schwer zu deutende Kopfbewegung in Richtung der Eingangstür machte. Diese Geste verstand sie sofort.

»Ich glaube, es wird besser sein, wenn wir morgen wiederkommen … « Diese Tür wollten sie sich offen halten. »Ihre Schwägerin scheint so starke Mittel bekommen zu haben, dass sie noch einige Stunden Ruhe brauchen wird. Bitte melden Sie sich, wenn es ihr besser geht, in Ordnung?« Mit einer grazilen Handbewegung zog sie ihre Visitenkarte aus der Tasche und gab diese an Donna Seymour weiter.

»Werde ich tun«, entgegnete Donna traurig und öffnete die Eingangstür, um die Ermittlerinnen hinauszulassen. Nachdem sie beide vor dem Haus standen, hörten sie, wie mehrfach abgeschlossen wurde, als würde Donna das Böse um jeden Preis aus ihrem Leben ausschließen wollen.

»Arme Familie«, entfuhr es Angel lauter, als sie es tatsächlich beabsichtigt hatte.

Estrella legte vorsichtig den Finger der rechten Hand auf ihre Lippen und richtete dann den Finger auf Angels Toyota. Angel verstand und bestätigte dies mit einem angedeuteten Nicken.

In dieser Straße, überlegte Estrella, *die uns im Tageslicht so unbeteiligt erscheint, haben sicherlich auch andere Nachbarn von dem Vorfall gehört. Bestimmt würden sie zu gerne wissen, was hinter den Mauern dieses Hauses passiert ist und warum der Mann ihrer Nachbarin, die sie tagtäglich grüßten, und ihre Tochter sterben mussten. Doch diese Erkenntnis sollten sie nicht von der BAU bekommen.*

Kapitel 9

»Bevor ich anfange … Wollen wir nicht über die Freisprecheinrichtung auch Scott gleich miteinbeziehen?«, begann Angel. »Dann hätten wir alle die gleiche Version der Geschichte.«

Man sah ihr die Anspannung deutlich an, umso beeindruckender war es, dass sie mit ihrer Information warten wollte. Estrella nickte bestätigend und hörte bereits, wie ihre Kollegin nur das kurze Kommando »Scott« an die Freisprecheinrichtung im Auto gab, nachdem sie gestartet hatte. In Sekundenschnelle stand die Verbindung. Langsam fuhr Angel den Wagen aus der Parklücke hinaus. Sie wollten sicher sein, dass niemand das Gespräch belauschen konnte.

»Naaaa? Was gibt's?« Die Stimme klang liebevoll vertraut. Für beide Ermittlerinnen. Offenbar hatte Scott den Anrufer an der Rufnummer erkannt.

»Ähm. Hi«, sagte Angel knapp. »Wir sind durch und wollten dir die Informationen in einer Dreierkonferenz durchgeben.« Das Wort »drei« betonte sie absichtlich.

»Okay.« Scott wechselte zu einem sachlichen Ton.

Wann werden die beiden kapieren, dass ihr Verhältnis längst kein Geheimnis mehr ist?, fragte sich Estrella und verdrehte die Augen, ohne dass ihre Kollegin es mitbekam. Es war kindisch, doch ihr war danach. »Hi, Scott«, richtete sie sich an ihren Vorgesetzten. »Ich habe ein interessantes Gespräch mit der Schwester des Opfers geführt.« Bei der Wiedergabe des Dialoges mit Donna Seymour vergaß sie nicht, ihren Fund in Rubys Zimmer zu erwähnen.

»Autsch. So richtig gut ist das nicht, dass wir nicht auf die Spurensicherung gewartet haben«, sagte Scott nach einer kurzen Pause, in der er das eben Gesagte auf sich wirken ließ.

»Ja, ich weiß«, entgegnete Estrella resigniert. »Sagen wir es so … Wenn wir den Dienstweg eingehalten hätten, wäre ich vermutlich Ende der Woche im Besitz des Tagebuchs. Uns würde kostbare

Zeit verloren gehen. Die Labore sind mit Aufträgen mehr als voll. Aber wir hätten natürlich dienstlich korrekt gehandelt. Auf diese Weise kann ich aber schon heute Abend darin lesen, in der Hoffnung, Spuren zu finden.«

Stille.

»Und …«, setzte sie hinzu, »… die Wahrscheinlichkeit, dass sich darauf die Fingerabdrücke von jemand anderem finden lassen als von Ruby selbst, ist doch gleich null.«

»Okay«, sagte Scott nach einer kurzen Pause. »Vielleicht zahlt sich unsere Schnelligkeit mal aus. Ich werde sehen, wie wir aus dieser Geschichte irgendwie rauskommen, ohne dass das Tagebuch als Beweis nicht zugelassen wird. Also bitte noch kein Wort vor den Jungs. Sollte uns eine Untersuchung anstehen, dann kann man sie besser schützen, okay? Dann wussten sie es eben nicht.«

»Ja, Sir«, entgegnete Estrella sofort.

»Wollt ihr nicht wissen, was ich herausgefunden habe?«, fragte Angel mit einer gewissen Ungeduld im Unterton.

»Klar, schieß los!«, bat Scott.

»Nun, Nancy Bishoff war leider unter dem Einfluss von Beruhigungsmitteln, daher konnte ich nicht viel mit ihr sprechen«, fuhr Angel fort. »Aber als ihre Schwägerin nach oben gegangen ist, um nachzusehen, was Estrella macht, habe ich mich ein wenig umgesehen. Mir fiel dabei auf, dass es wenige Bilder gibt, auf denen die gesamte Familie zu sehen ist. Meistens nur der Vater und die Tochter. Davon gab es reichlich viele Bilder. Auf einem Schrank im Wohnzimmer standen Auszeichnungen von Ruby – offenbar ist sie gut im Reiten gewesen. Was man dem Raum nicht ansieht, ist der Geist von Nancy. Es kann natürlich sein, dass die Mutter recht gluckenhaft ist, sich für ihr Kind geopfert hat, ihre Interessen aufgegeben wie auch ihre Vorlieben zurückgesteckt hat - und so weiter und so weiter. Ihr kennt solche wahnsinnig 'stolzen' Eltern, oder?« Ohne eine Bestätigung von beiden Gesprächspartnern abzuwarten, fuhr sie fort: »Darum schaute ich auf ihre Finger. Und sah KEINEN Ehering. Nicht mal eine weiße Stelle als Zeichen dafür, dass sie ihn nur kurz abgelegt hätte. Für meine Begriffe stand es nicht besonders gut um die Ehe der Bishoffs.«

»Seltsam, dass die Schwester mir fast das Gegenteilige beweisen wollte«, staunte Estrella, während Angel zum Highway abbog. »Aber gut, auch Ruby ließ die Eltern nicht wissen, dass sie mit einem Jungen zusammen war. Was allerdings unter Umständen normal ist in dem Alter.«

Scott übernahm wieder das Wort. »Nun haben wir eine Familie, in der schmutzige Wäsche gewaschen wird. Aber … Macht es sie irgendwie verdächtig?«

»Wenn du mich fragst«, erwiderte Estrella, »dann ist die Trauer nicht gespielt. Es kann sein, dass in dieser Familie nicht alles rund lief. Oder dass der Vater ziemlich streng war … Dennoch glaube ich nicht, dass es zu einem Missbrauch kam, wie es uns der Täter weismachen möchte. Was sagst du, Angel? Wie ist dein Gefühl dabei?«

»Um ehrlich zu sein«, die Ermittlerin verneinte mit einer kaum wahrnehmbaren Kopfbewegung, »glaube ich ebenfalls nicht, dass es gespielt ist, was wir gesehen haben. Diese Frauen stecken tatsächlich in einer tiefen Verlustkrise; es klang für mich aufrichtig. Das Tagebuch von Ruby könnte noch ein paar neue Gedanken aufwerfen.«

»Gute Idee. Estrella, würdest du dir das für heute vornehmen? Meinetwegen kann dich Angel zu Hause absetzen und wir treffen uns alle wieder bei der morgendlichen Besprechung.«

»Oh, okay. Danke, das lasse ich mir nicht zweimal sagen. Ich muss zugeben, dass ich schon neugierig bin.« Estrella nahm den Vorschlag diesmal freudig entgegen.

Für heute schien die Vorstellung noch attraktiver, zu Hause bei einer Tasse Tee den Gedanken eines Teenagers zu folgen, als es im Büro mit dem ständigen Geräuschpegel der arbeitenden PCs und der sich unterhaltenden Kollegen zu tun. Allesamt Dinge, die bei den sonst üblichen Überstunden nicht vorkamen.

»Perfekt!« Scott wandte sich an die Ermittlerin. »Angel, du kannst, wenn du möchtest, ebenfalls nach Hause fahren. Wir werden uns mit den Jungs noch ein wenig mit dem Umfeld der Opfer beschäftigen und nach dem ominösen Freund von Ruby suchen. Einen Teil der Arbeit habe ich bereits an das NYPD übergeben, mit dem wir in dieser Sache zusammenarbeiten werden. So wenige Hinweise, wie wir bisher haben, erfordern einen großflächigen Einsatz.«

Und noch bevor Angel zu dem weiteren Vorschlag Stellung nehmen konnte, warf Scott ein: »Ach, Mädels … Ihr seid ein großartiges Team! Genauso, wie ich es erwartet habe.«

Kapitel 10

Federal Plaza, NYC
Dienstag, 25.10.2016, 9.00 Uhr

Im Besprechungsraum in der Federal Plaza hing die Anspannung in der Luft. Eine willkommene Abwechslung zu der bisherigen Recherche in der Politwelt. Und diesmal vermischte sich der gewohnte Geruch von frischgebrühtem Kaffee mit dem süßen Duft von mehr als dreißig Donuts mit verschiedensten Toppings. Dass - im Vergleich zum gestrigen Tag - die Sonne auf sich warten ließ, konnte man nicht erahnen, da die Jalousien bereits heruntergefahren wurden. Alles deutete darauf hin, dass Scott auch diesmal den Raum für eine längere Runde vorbereitet hatte. Er fehlte als Einziger.

Während Angel und Josh im Gespräch über persönliche Angelegenheiten vertieft waren, schien Bryans Interesse eher der Tageszeitung zu gelten. Ein geschlossener Aktenordner lag vor Angel auf dem Tisch und fiel niemandem sonderlich auf. Estrella nahm hingegen Bryans fehlende Beteiligung nicht übel, weil sie selbst keine Lust auf einen frühmorgendlichen Smalltalk verspürte. Sie nahm sich vor, eigene Notizen durchzusehen, die sie parallel zum Lesen von Rubys Tagebuch gemacht hatte. Die Erkenntnisse daraus würde sie so präsentieren, dass es nicht auffallen würde, woher sie stammten - eine Aufgabe, die in dem Team aus Profilern stets eine Herausforderung war. Es wurde Estrella immer bewusster, wie unüberlegt es war, Beweisstücke aus Rubys Zimmer zu entfernen, ohne sie vorher zu vermerken und die Ergebnisse der Forensik abzuwarten. Sie konnte von Glück sagen, dass ihr Chef ihr den Rücken freihielt.

»Super, ihr seid alle da!« Scott versuchte beherrscht zu klingen, doch etwas schien ihn abzulenken. Und es dauerte nicht lange, bis er die sprichwörtliche 'Katze aus dem Sack' ließ. »Soeben habe ich von einer — sagen wir inoffiziellen - Stelle erfahren, dass unsere Empfehlung bezüglich der Anwärterin für das Präsidentenamt, die Recherchen auf sich beruhen zu lassen, nicht angenommen wurde.

Stattdessen werden umfangreiche Ermittlungen eingeleitet, wobei ich mich frage, wozu uns diese Arbeit überhaupt aufgetragen wurde, wenn die sowieso machen, was sie wollen?«

»Was wollen sie noch mehr ermitteln?«, fragte Josh verwundert. »Da ist nichts zu ermitteln. Wir fanden nicht einen einzigen Hinweis auf kriminelles Verhalten. Was soll das?«

»Keine Ahnung. Das sieht so aus, als wollte jemand auf diese Weise unbedingt Einfluss auf den Verlauf der Präsidentschaftswahl nehmen. Verdammte Politik! Hoffen wir mal, dass sich die bisherigen, guten Prognosen bestätigen werden und ihr diese Ermittlungen nicht schaden.«

… weil wir sonst einen frauen- und ausländerfeindlichen Waffenverehrer als Machtinhaber hätten, der uns schon bei der bloßen Vorstellung das Blut in den Adern gefrieren lässt. Und das würde eine Katastrophe für uns alle bedeuten, beendete Estrella in Gedanken, was in diesem Raum ausgesprochen keinen Platz finden durfte. Was aber alle einstimmig dachten.

»Aber das ist heute nicht unser Thema.« Scott kehrte zum eigentlichen Anlass der Teambesprechung zurück. »Lassen wir mal die Politik außen vor; sie werden es da irgendwie ohne uns schaffen. Heute würde ich gerne die Informationen zusammentragen, die ihr gestern zu unserem Fall mit dem Mädchen und seinem Vater gesammelt habt.« Scott schaute zu Estrella. »Die Mädels waren gestern bei der Familie der Opfer …«

Im Raum war es plötzlich so still, dass nur noch das Summen des Projektors zu hören war.

»Also, gestern waren wir tatsächlich bei Nancy Bishoff zu Besuch. Als wir dort eintrafen, war sie sediert und nicht ansprechbar, aber …« Estrella fasste ihr Gespräch mit Donna Seymour zusammen.

Sie entschied sich, die Erkenntnisse aus dem Tagebuch als eigene Vermutungen zu formulieren. Die Kollegen vertrauten ihr hoffentlich gut genug, keine Fragen über die Quelle ihrer Erkenntnisse zu stellen.

»Nun, ich denke, dass zwischen dem Mädchen und dem Vater eine recht gewöhnliche Vater-Tochter-Beziehung bestand …« Den kurzen Blickwechsel mit Scott schien keiner der Ermittler bemerkt zu haben. Außer Angel, die nun besonders gespannt darauf war, was ihre Kollegin nun zu sagen hatte. »Wie ihr wisst, konnte ich mich in Rubys Zimmer umsehen. Das Mädchen hatte Geheimnisse vor seinen Eltern. Keine Frage. Doch nicht mehr als jedes normal entwickelte Mädchen in ihrem Alter. Sie zeichnete gern, hatte einen Freund, der noch vom NYPD ermittelt wird... Alles Hinweise darauf, dass sie sensibel war, dennoch fast normal erzogen wurde, wenn man von den Eheproblemen ihrer Eltern absieht. Mein Bauchgefühl sagt mir, dass die Art, wie wir die Opfer vorgefunden haben, nicht in dieser Weise zusammenhängt, wie wir es uns zunächst vorgestellt haben. Es ist ein sexuell motiviertes Verbrechen, doch die Zusammenhänge sind anders als gedacht. Konnte man auch andere Spermaspuren am Fundort ermitteln?«

»Am Fundort nicht, was nicht bedeutet, dass es solche Spuren nicht am Tatort geben wird«, übernahm Angel, die die Ergebnisse der Autopsie noch vor ihrem Arbeitsantritt aus der Gerichtsmedizin abgeholt hatte. »Dennoch wurde das Opfer vergewaltigt. Könnte der Täter den Vater dazu gebracht haben, seine eigene Tochter zu vergewaltigen? Oh Gott, was für eine schreckliche Vorstellung!«

»Theoretisch wäre alles möglich, so schlimm es sich anhören mag«, erwiderte Estrella. »Paranoider, sexuell motivierter Sadist. Dann passt aber der gescheiterte Bombenanschlag überhaupt nicht dazu. Und dass ein 'normaler' Vater sich kampflos zum Geschlechtsverkehr mit seinem Kind zwingen lässt? Er ist doch recht sportlich gewesen. Wenn ihn der Täter losgebunden hätte, gäbe es mehr Kampfspuren. Es sei denn, die Opfer standen unter Drogen. Könnten auch K.o.-Tropfen gewesen sein. Sie wären nicht nachweisbar.«

»Lasst es uns 'globaler' sehen und das Attentat einbinden. Der Täter scheint wie besessen vom Alten Testament zu sein«, übernahm Josh das Wort, »wenn ich an ähnliche Vorfälle denke, dann fällt mir Edward Gein ein, der in den Fünfzigern Wisconsin in Angst und Schrecken versetzte. Man fand bei ihm menschliche

Überreste von über fünfzehn Opfern, aus deren Schädeln und Haut er Schüsseln, Armbänder, Masken und Stühle gemacht hat.«

»Stimmt. Seine Gedanken waren davon beherrscht, die Stimme seiner verstorbenen Mutter zu hören«, meldete sich Bryan endlich zu Wort, was darauf hinwies, dass sein erster Kaffee eine erfrischende Wirkung zeigte. »Er wurde als schuldunfähig angesehen, in eine Klinik eingewiesen und verstarb in den Achtzigern. Seine kranken Taten verhalfen ihm zu Filmehren. Er inspirierte Hollywood zu 'Schweigen der Lämmer' und 'Psycho'. Wobei er strenggenommen kein Serienmörder war, weil ihm nur zwei Morde nachgewiesen wurden. Er galt in erster Linie als Grabräuber und war nicht besonders intelligent.«

»Zumindest, was die zwei Morde betrifft«, übernahm Estrella das Wort, »haben wir es mit einem gut organisierten, detailverliebten Mörder zu tun, was darauf hindeutet, dass seine psychotischen Perioden in Schüben kommen. Sonst könnte er seine Verbrechen nicht so genau planen. Wenn man die Geschichte von Adam und Eva betrachtet, ging es um die ersten Menschen, wobei Eva aus der Rippe von Adam erschaffen wurde. Das würde erklären, warum ihn der Verwandtschaftsgrad der Opfer nicht störte. Im Gegenteil. Er sah es eventuell als 'normal' an, was vielleicht einen inzestuösen Hinweis auf sein Leben wirft. Vielleicht.«

»Okay. Ein Schritt zurück«, forderte Scott. »Also gut. Der Bombenanschlag sollte die Schöpfung darstellen. Der neueste Fall die Geschichte der Menschheit, wie wir schon festgestellt haben. Adam und Eva waren ein Liebespaar – vielleicht deshalb das Sperma am weiblichen Opfer?« Er wandte sich an Angel. »Du hast den Bericht durchgesehen. Kannst du nochmal auf die Verletzungen des Vaters schauen? Wenn er Ruby verletzt hat, weil ihm zum Beispiel der Täter die Waffe an den Kopf hielt, müsste auch er Verletzungen im Genitalbereich aufweisen. Zumal er sicher Widerstand geleistet hätte.«

Angel blätterte zu der gewünschten Passage und las darin. Um sicher zu sein, schaute sie noch weitere Stellen an, was Scott zeitlich mit einem Themenwechsel überbrückte.

»Ach übrigens. Die Donuts solltet ihr essen. Sie kommen von Michelle, die sich damit bei euch für die Geburtstagswünsche bedanken wollte. Ihr Mann brachte sie heute früh mit, noch bevor ich im Haus war.«

Michelles Geburtstag!, ärgerte sich Estrella maßlos, ihre bereits pensionierte Vorgängerin im BAU-Team und eine gute Freundin an einem ihr so wichtigen Tag vergessen zu haben. *Ich Idiot werde heute nach der Arbeit mit ein paar Blumen vorbeifahren!*, nahm sie sich vor. Dr. Bellamy, der ehemalige Ruhepol des Teams, war ein seltener Gast beim FBI. Doch obwohl sie sich im Alter nun ihren Enkelkindern widmen wollte, ließ sie die Arbeit nicht vollständig los; sobald interessante toxikologische Themen auftraten, war Michelle sofort in der 20. Etage der Federal Plaza, um ihre ehemaligen Kollegen zu unterstützen.

»Nein«, unterbrach Angel abrupt Estrellas Gedanken. »Es gibt keine Hinweise auf eine Gewalteinwirkung im Genitalbereich des Vaters, die auch nur annähernd mit den Verletzungen der Tochter übereinstimmen. Das hätte auffallen müssen. Ebenfalls fand man keine Speichelreste der Tochter. Er könnte es ihr irgendwie verabreicht haben?«

»Okay. Lassen wir das mal kurz so stehen. Warum war er nicht sauer, dass sein Attentat nicht funktioniert hat? Das muss ihn doch in Rage versetzt haben?«, stellte Josh nüchtern fest und biss beherzt in einen Donut.

»Nicht unbedingt«, überlegte Estrella. »Nicht, wenn er sowas wie einen starken Schub paranoider Schizophrenie hatte. Wenn dieser von Halluzinationen begleitet wird, dann sagten dem Täter die Stimmen vielleicht etwas anderes. Aber das ist eine Vermutung. Vielleicht war er doch sauer? Weil der Mord an den Bishoffs in einem ungewöhnlich kurzen Abstand passiert ist? Wäre auch denkbar.«

»Du meinst, er könnte ein Schizophrener sein?« Josh war sichtlich überrascht. »Bei diesem Grad detaillierter Planung? Bei Ed Gein reichte es auch nur für 'zwei' Morde, bis er verhaftet wurde. Sind psychisch Kranke dazu fähig, zwei Menschen zu entführen und sie zu ermorden, ohne Spuren zu hinterlassen?«

»Nun«, mischte sich Bryan in die Diskussion ein. »Der Großteil aller Mörder ist keinesfalls psychisch krank, wenn man psychiatrische Störungen wie z.B. Soziopathie außen vor lässt. In der Realität sind auch an Schizophrenie Erkrankte selten gewalttätig. Wenn überhaupt, dann gegen sich selbst. Das würde in unserem Fall bedeuten, dass der Täter womöglich in der Kindheit mit Gewalt konfrontiert worden ist. Sofern er tatsächlich krank ist.«

»Du hast gefragt, ob psychisch Erkrankte zu planendem Handeln fähig wären?«, mischte sich Estrella ein. »Nun, euch ist sicherlich der Fall Anders Behring Breivik bekannt, oder? Der norwegische Massenmörder, der 2011 zuerst ein Bombenattentat im Regierungsviertel beging? Bei der Explosion starben damals acht Menschen, während sich der Täter auf den Weg zur Insel Utøya machte. Dort fand das alljährliche Zeltlager einer Jugendorganisation statt, bei der eine Politikerin sprechen sollte – das eigentliche Opfer. Durch eine Verspätung entging die Politikerin einem Massaker, als der Täter das Feuer auf die Jugendlichen eröffnete, was 69 Opfer das Leben kostete. Nun …«,

Estrella machte eine kleine Pause, bevor sie weitersprach, »zumindest im ersten rechtspsychiatrischen Gutachten wurde paranoide Schizophrenie diagnostiziert, was letztendlich dazu geführt hat, dass er als zur Tatzeit unzurechnungsfähig verurteilt und in eine psychiatrische Einrichtung eingewiesen wurde. Sein Handeln weist aber einen hohen Planungsgrad auf.«

»Okay«, Scott übernahm das Wort, »könnte es sich in diesem Fall vielleicht doch noch um einen nicht kranken Täter handeln, der mit einem religiösen Motiv die Tat vertuschen möchte? Ich will verhindern, dass wir Alternativen ausschließen. Was meint ihr?«

»Theoretisch wäre alles möglich«, antwortete Bryan. »Allerdings, falls der Täter nicht motivgesteuert ist, wäre das ein unverhältnismäßig großer Aufwand, den er bisher getrieben hat.«

»Sehe ich ähnlich«, bestätigte Estrella ihren Kollegen.

»Was würdet ihr beide sagen …«, diesmal übernahm Angel das Wort und wandte sich beschwichtigend sowohl an Bryan, der sehr bewandert auf dem Gebiet der Individualpsychologie war, als auch an die jüngere, doch nicht weniger erfahrene Psychologin, die bereits eine langjährige Berufstätigkeit aufwies, »was für ein Täterprofil suchen wir?«

»Wenn wir von einer Psychose ausgehen, dann ist die Antwort nicht leicht. Es könnte ein Weißer sein, denn diese Täter bevorzugen Opfer mit ähnlicher ethnischer Zugehörigkeit. Doch, wie Bryan bereits gesagt hat, gibt es zu wenig wirklich psychisch kranke Täter, als dass wir von verlässlichen Studien oder sowas sprechen könnten.«

»Der Täter ist vermutlich männlich«, schlussfolgerte Scott, »worauf die Spuren der Gewalteinwirkung im Vaginalbereich bei Ruby hinweisen. Und vermutlich ist er heterosexuell.«

»Vielleicht hatte er Probleme, aufgrund seiner Erkrankung eine feste Partnerin zu finden? Und daher diese sexuelle Komponente bei der Tat?«, überlegte Josh. »Oder könnte er eine Familie haben?«

»Es wäre gut für uns, wenn er eine hätte«, erwiderte Estrella. »Denn dann würden die Chancen steigen, dass jemandem aus der Familie etwas auffällt. Oft ziehen sich psychisch kranke Menschen eher zurück. Dadurch, dass sie sich eine 'neue' Realität erschaffen haben, an die sie glauben, werden sie von der Gesellschaft stigmatisiert und dann geächtet, was wiederum die Neurose vertieft. Die Erkrankten werden oft fälschlicherweise als gefährlich eingestuft und diskriminiert.« Nach einer kurzen Pause fuhr sie fort: »Was das Alter betrifft, so wird es interessant. Die meisten Erkrankungen entwickeln sich zwischen der Pubertät und dem 30. Lebensjahr, und es gibt eine Häufung der Fälle im mittleren Alter von 40. Den neuesten Studien zufolge gibt es eine dritte Schwelle, bei der die Erkrankungen vorkommen – älter als 60 Jahre, wobei diese Gruppe für uns eher uninteressant ist.«

»Dann suche ich im ViCAP nach Verbrechern im Zusammenhang mit Schizophrenie? Eltern, auffällige Kinder oder was auch immer?« Josh brannte darauf, seine Recherchearbeit aufzunehmen. »Angesichts der Tatsache, dass es nur wenige schizophrene und zugleich aggressive Menschen gibt, sollte das nicht so schwer sein, oder?«

»Das wäre zu schön«, erwiderte Estrella mit verneinender Kopfbewegung. »Doch nur 50% der Kinder, deren Eltern an Schizophrenie erkrankt sind, werden auch krank. Diese Krankheit entsteht aus einem Wechselspiel zwischen Genetik und Umwelt. Das bedeutet, dass es bei einer Tendenz zu Stress oder Drogen zum Ausbruch kommen kann. Darum gibt es eine Häufung in der Pubertät und im Früherwachsenenalter – Kinder erfahren Konflikte oder Abnabelung von ihren Eltern. Interessant ist auch, dass 80% der Schizophrenien bei Patienten ohne weitere Erkrankungsfälle in der Familie auftreten. Es gibt Studien, die belegen, dass Anhäufungen von Infektionskrankheiten im zweiten Drittel der Schwangerschaft ebenfalls zu einer Schizophrenie führen können. Unterm Strich könnten auch vermeintlich gesunde, gewalttätige Eltern in der Datenbank schizophreniekranke Kinder haben.« Estrella lachte kurz auf. »Hey, wie man sieht, habe ich die Zeit bis zum Meeting gut mit Statistik ausfüllen können.«

»Was glaubst du«, Bryan kam plötzlich eine Idee in den Sinn, »wäre es auch möglich, dass der Täter an einer anderen Störung leidet, die einer paranoiden Schizophrenie ähnelt?«

»Genau«, griff Angel die Idee auf. »Wie unser 'Angstheiler', den wir vor ein paar Jahren zur Strecke gebracht haben?« Den Namen des Täters konnte sie immer noch nicht aussprechen, ohne einen gewissen Brechreiz zu verspüren. »Zumindest wäre es im Ergebnis ähnlich, oder?«

»Klar gibt es noch andere Möglichkeiten, wie zum Beispiel bestimmte Drogen oder sogar eine posttraumatische Belastungsstörung als verspätete Reaktion auf eine außergewöhnliche Bedrohung von katastrophalem Ausmaß für das Individuum. Wobei ich letzteres fast ausschließen würde, weil sie tendenziell zu einer eher depressiven, passiven Verstimmung und Schlaflosigkeit führt. Unser Täter zeigt ein fokussiertes Verhalten. Nach einem traumatisierenden Vorfall erlebt der Patient die gleiche traumatisierende Szene immer und immer wieder; unser Killer aber bedient sich verschiedener 'Szenarien'«, erklärte Estrella. »Darum wird es nicht leichter sein, den Täterkreis einzugrenzen. Mist!«

»Dann wären wir wieder am Ausgangspunkt!«, stellte Scott frustriert fest. »Sicherheitshalber sollten wir auch Menschen überprüfen, die ein Trauma erlebt haben – Opfer von Vergewaltigungen, Naturkatastrophen oder auch Rückkehrer aus den Kriegsgebieten.«

»Wir sind nicht ganz am Anfang«, Josh teilte die Ansicht seines Vorgesetzten nicht, »zumindest haben wir schon ein paar Anhaltspunkte. Ist etwa bekannt, an welcher Stelle die Opfer entführt wurden?«

»Der Wagen der Bishoffs wurde am Straßenrand gefunden.« Nun war Angel wieder an der Reihe. »In etwa fünfzig Meilen von der Hütte entfernt. Es gab keine Kampfspuren, und unklar ist, warum der Wagen ausgerechnet dort stand. Die Spurenauswertung läuft zwar noch, doch nach meinem Gespräch mit dem kriminaltechnischen Labor gibt es keine vielversprechende Spur. Oder besser gesagt … zu viele. Vielleicht hat er sie irgendwie gelockt? Oder sie hatten eine Pause eingelegt?«

»Leider habe auch ich keine aussichtsreichen Ideen«, meldete sich Josh erneut zu Wort. »Seit mir Estrella diese Idee mit den anderen Bibelgeschichten eingeimpft hat, vor allem diese mit den ersten Kindern von Adam und Eva – Kain und Abel -, habe ich die Vermisstenanzeigen durchgesehen. Wenn wir davon ausgehen, dass wir nach zwei vermissten, jungen Männern suchen, dann kommen nur zehn potentielle Opfer infrage. Dabei sprechen wir ausschließlich von den schon registrierten Fällen. Ich will nicht wissen, wie viele junge Männer seit Samstag verschwunden sind, deren Abwesenheit noch immer nicht bemerkt wurde. Erst recht, wenn sie keine Familie haben.«

»Na, dann los, Leute«, Scott klang entschieden, »lasst uns die sprichwörtliche Nadel im Heuhaufen suchen!« Und als sich unter seinen Mitarbeitern Aufbruchsstimmung ausbreitete, fügte er hinzu: »Jeder nimmt bitte auch ein paar Donuts mit! Ich weiß sonst nicht, was ich mit den Dingern machen soll. Michelle hat wie immer maßlos übertrieben.«

Kapitel 11

Gouldsboro, Pennsylvania
Dienstag, 25.10.2016

Etwa zur gleichen Zeit fuhr ein weißer, beladener Sprinter in die Einfahrt einer heruntergekommenen Schweinefarm, etwa 120 Meilen von der Stadt New York entfernt. Das Fahrzeug verlangsamte, bevor es in der Nähe des Hauses zum Stehen kam.

Der Fahrer des Wagens, ein etwa fünfzigjähriger, drahtiger Mann, schien keine Eile zu haben. Es dauerte eine gewisse Zeit, bis er die Tür des Autos geöffnet hatte, um auszusteigen. Aber seitdem er seinen Job als Sanitäter verloren hatte, verspürte er keine Dringlichkeit mehr, übereilt zu handeln.

Das laute Quieken der aufgescheuchten Schweine, begleitet durch das Bellen des Hundes im Zwinger, klang beinahe wie eine freundliche Begrüßung. Der Mann reagierte nicht darauf. Stattdessen schritt er langsam um sein Haus herum, das seit Jahren einen Anstrich hätte vertragen können, in Richtung einer Falltür, die sich in sicherer Entfernung dahinter verbarg. Er sperrte sie weit auf.

Als nächstes kehrte er zu der Ladefläche seines Wagens zurück und öffnete sie. Tageslicht beleuchtete den Inhalt des Wageninneren. Darauf lagen zwei bewusstlose männliche Körper. Bevor der Fahrer den ersten davon vom Auto herunterzog, atmete er tief ein, als wollte er nochmal alle Kräfte sammeln. Dann zog er mit aller Festigkeit an den Beinen. Der vom nächtlichen Regenschauer aufgeweichte Boden dämpfte den Aufprall und versah den gefallenen Körper mit Matschspritzern. Auf eine bizarre Art vermischte sich das Bild des Bewusstlosen mit der unebenen Straßendecke.

Im nächsten Augenblick beugte sich der Fahrer hinunter, griff wieder nach den Beinen des Liegenden und zog ihn wie einen Sack Viehfutter schnaufend hinter sich her. Der Weg schien mühsam mit dem menschlichen Ballast von etwa achtzig Kilogramm, darum setzte der Mann hin und wieder ab, um kurze Zeit später den Marsch fortzusetzen.

An der Falltür angekommen, beugte er sich wieder hinunter und schob den Körper zur Lücke, indem er ihn mehrfach um die eigene Achse rollte.

Noch eine halbe Drehung, und der leblose Körper fiel mit einem dumpfen Schlag hinein. Der Fahrer seufzte vor Anstrengung auf und blieb kurz sitzen, eher er sich aufrichtete, um die Prozedur mit dem anderen Bewusstlosen zu wiederholen.

Obwohl der Fahrer den derzeit leeren Futterspeicher zuvor mit Heu ausgelegt hatte, damit sich die Männer beim Sturz nur geringfügig wehtun konnten, schien ihn deren gesundheitlicher Zustand nur wenig zu interessieren.

Als auch der zweite Körper hineingefallen war, zog er ohne hineinzuspähen die Falltür, die mit zwei massiven Scharnieren am Boden befestigt war, auf einer der Seiten hoch und ließ sie mit einem lauten Krachen auf die Öffnung fallen. Mit der anderen Seite tat er das Gleiche. Langsam gewann der Fahrer den Eindruck, dass die K.o.-Tropfen ihre Wirkung verloren und die Männer allmählich wieder zu Kräften kamen.

»Es kommt vor, dass Menschen das Göttliche erfahren«, sagte er laut zu sich selbst. »Es kommt vor, dass Gott für den Auserwählten die Pforte öffnet. Der Auserwählte wird dann ein Teil Gottes …« Dann wiederholte er es erneut und machte sich auf den Weg ins Haus, nachdem er sich versichert hatte, den Sprinter abgeschlossen zu haben. »Es kommt vor …«

Und nochmal. Und nochmal. Leiser und leiser.

Bis schließlich das laute Quieken der hungrigen Schweine den Widerhall seiner Worte erstickte.

*****

Platsch, platsch, … platsch.

Die Wassertropfen fielen direkt auf das Gesicht von Jesper Stark. An der Stirn angekommen, flossen sie - dank der erhöhten Lage des Kopfes - entlang der wohlgeformten Nase, um, am rechten Nasenflügel angekommen, die Wange mit gestreuten kleinen Spritzern zu benetzen. Spätestens dann vermischten sie sich mit den Überresten ihrer Vorgänger und verschwanden nach einer Weile wieder als ein riesiger Tropfen in der herumliegenden Streu, auf die der junge Student gebettet war.

Platsch …

Ob es das feucht-kalte Gefühl im Gesicht oder das leise Geräusch des darauf auftreffenden Wassers oder gar beides war, schien unwichtig. Mit der rechten Hand wusch er mechanisch die Reste des Wassers zur Seite und fragte wispernd, ohne sich aufzurichten: »Fuck, wo bin ich hier?«

Als keine Antwort erfolgte, tastete er um sich. Seine Hände waren frei. Ebenfalls seine Beine. Nur sein Kopf tat ihm entsetzlich weh – als hätte er am Vorabend deutlich zu viel getrunken. *Vorabend? Genau. Was war da los?* Es fiel ihm nicht ein. Wie weggelöscht. Unter seinem Kopf konnte er eine Anhäufung von Gras oder Heu ertasten, die seinen Kopf etwas höher als den Rest seines Körpers liegen ließ.

Da sich ein düsteres Gefühl in seinem Kopf einstellte, wurde er diesmal panischer. »Hey! Was ist hier los? Wo bin ich? HEEEY!« Jesper drehte sich langsam um, dann kniete er sich hin, denn robbend schien das Zittern der Knie besser kontrollierbar zu sein.

»Schrei doch nicht so!«, antwortete ihm plötzlich die seit seiner Kindheit bekannte Stimme des eigenen Bruders, die ihn augenblicklich beruhigte. »Mein Kopf zerspringt gleich! Fuck!«

Durch einen Spalt in der Decke drang etwas Tageslicht ins Innere des Verlieses. Jespers Augen gewöhnten sich langsam an die spärliche Beleuchtung, daher konnte er sich jetzt besser umsehen. Nun begriff er die Tragik der Situation, in der sie sich befanden.

Sein Bruder lag direkt in seiner Nähe - bäuchlings auf dem Heu - und bewegte sich nicht. Nur ein leises Stöhnen konnte Jesper wahrnehmen.

»Hey, Alter! Hier ist keine Tür!«, stellte er entsetzt fest, nachdem er sich panisch umgesehen hatte.

»Aua«, stöhnte sein Bruder währenddessen nur. »Das tut so weh! Ich glaube, ich habe mir etwas gebrochen! An der Schulter ...« Jesper robbte zu seinem Bruder. »Zeig mal, wo?«

Noch während er Nathan half, sich aufzurichten, hörte er einen entsetzlichen Aufschrei und erschrak. »Fuck! Fuck! Das tut so weh ... Ich kann mich nicht mal umdrehen! Die Schulter ist gebrochen oder ausgekugelt ... oder was weiß ich ... Ich bin ja kein gottverdammter Doc.«

Jesper fühlte, wie das Blut aus seinem Kopf wich. Sein zwei Jahre älterer Bruder, sein Vorbild, war immer derjenige, der auf alles eine Antwort hatte. Er war der Motor in ihrer Geschwisterbeziehung, der sie aus dem wohlbehüteten Elternhaus in Flemington in die etwa 60 Meilen entfernte Großstadt New York zum Studieren gezogen hatte. Doch Nathan war auch derjenige, der keine noch so ausgeflippte Studentenparty ausließ, während man Jesper beinahe nötigen musste, die Nase aus den Gesetzestexten zu ziehen, um die Vorteile des studentischen Lebens zu genießen.

Wenn es eine Sache gab, in der der kleine Bruder dem großen überlegen war, waren es die Bestleistungen im Studium, die sie zumindest in dieser Hinsicht gleichgestellt hatten. Seine nachlässige Art, was seine Eigenleistung betraf, ließ Nathans Bruder den schulischen Vorsprung von zwei Jahren aufholen und sicherte ihm ein Stipendium an der Columbia, während Nathan darum bemüht war, nicht von der Universität zu 'fliegen'. Nun lag er weinend neben seinem kleinen Bruder, der ihn aus Angst, ihm weh zu tun, nicht mal vernünftig in den Arm nehmen konnte.

»Mann, was ist los hier? Wo sind wir?« Jesper versuchte, möglichst nicht panisch zu wirken. »Wie sind wir hierhergekommen?«

»Was weiß ich?«, zischte Nathan. »Ich kann mich an gar nichts erinnern. Waren wir nicht an der Uni oder so?«

»Ja, schon …« Jesper öffnete seine Hose und fixierte für einen Augenblick seine Unterwäsche. Mittlerweile gelang es seinem Bruder unter enormer Anstrengung, verbunden mit einem Aufschrei, sich einmal um seine eigene Achse zu drehen.

»Was machst du da?«, fragte Nathan erstaunt und vergaß, wie sehr seine Schulter schmerzte.

»Ich schaue mir die Unterwäsche an«, entgegnete Jesper. »Ah, ja. Ich habe den Calvin Klein-Slip an.«

»Sag mal, geht es dir gut?« Nathan ärgerte sich sichtlich, was auch an den Schmerzen in seiner Schulter lag. »Was geht mich dein Slip an? Die Frage war, was wir gestern getan haben …«

»Und genau dieser Frage«, Jesper triumphierte, » gehe ich gerade nach. Ich habe dir nichts davon erzählt, weil du mich auslachen würdest, doch für solche Fälle, wenn wir auf eine Party gehen, ziehe ich besondere Unterwäsche an. Es ist, wenn du so willst, ein Glücksbringer … Nun habe ich sie an.«

»Willst du mich verarschen?« Nathan war überrascht, wie kindisch sein Bruder in manchen Momenten noch war. Er hob seinen Kopf leicht an und bereute es im nächsten Augenblick. »AUA! Shit!« Doch die Neuigkeit beschäftigte seine Gedanken deutlich stärker als der Schmerz, den er verspürte. »DU TRÄGST EINE BESONDERE UNTERWÄSCHE? Wenn ich es nicht besser wüsste, hätte ich gedacht, du bist ein Mädchen. Oder schwul. Oder beides. Alter, der trägt … Neee, oder?«

Jesper ärgerte der Spott seines Bruders sehr, was er jedoch nicht zu erkennen gab. »Ja, so ist es. Haben wir es? Nun, dadurch wissen wir zumindest, dass wir nach dem Unterricht ausgegangen sind. Wir müssen zu einer Party gewesen sein, sonst hätte ich diese gottverdammte Unterhose nicht an, über die du dich so lustig machst.« Nun rutschte es ihm doch heraus.

»Ist ja gut, Alter«, erwiderte Nathan beruhigend. »Dank dir wissen wir zumindest, was Sache ist. Wenn wir hier raus sind, werde ich deine Höschen verbrennen«, ärgerte er seinen Bruder auf die gleiche Art, wie der es immer tat. Die Art, die Jesper zwar nicht mochte, was er vor seinem Bruder jedoch niemals zugeben würde.

»Also fein, Kleiner«, fuhr Nathan fort. »Dann waren wir so hackedicht, dass wir beide einen Filmriss haben.« Diese Feststellung klang für beide Brüder schon im gleichen Augenblick ungewöhnlich, als sie ausgesprochen war. Jesper trank für gewöhnlich nur wenig Alkohol.

»Oder jemand hat uns dazu verführt … Oder vergiftet …«, mutmaßte er.

»Pssst!« Nathan bewegte seinen Finger automatisch in Richtung seines Mundes, bis er wieder die Schulter verspürte und sich auf die Lippen biss, um nicht zu schreien.

»Schritte«, stellte Jesper fest. Dann hörten sie die Tiere. »Sind das Schweine?«

»Nein, Esel, du Esel!« Nathan zischte wütend. Auf der Mitte seiner Stirn erschienen Falten, an denen sich Schweißperlen sammelten. »Und nicht nur Schweine!«, presste er hervor. »Auch noch ein Hund.«

Hundegebell war plötzlich überall zu hören. »Wir sind also auf einer Farm oder sowas?«

»Ja, du Genie!«, erwiderte Nathan verärgert. »Tu mir einen Gefallen, bitte. Kannst du ganz vorsichtig nachsehen, was mit meiner Wade los ist? Die brennt gerade wie verrückt.«

Jesper robbte zu seinem Bruder hinüber. Noch immer hatte er das Gefühl, seine Beine wären aus Watte. Während Nathan mit einem Aufschrei das Bein zur Seite drehte, sah Jesper, was seinem Bruder noch mehr Schmerzen bereitete.

»Auf deiner Wade ist eine recht große Wunde. Total verkrustet. Ich habe sie vorher nicht so richtig gesehen, weil wir beide so voller Matsch sind.« Das Gequieke der Tiere wurde leiser, und sie hörten, wie sich Schritte ihrem Verließ näherten.

»Hallo? Haaaallllo?« Jesper beschloss, etwas zu tun. Ihm war egal, was sein Bruder davon hielt; Nathan brauchte Hilfe.

»Bist du bescheuert?«, zischte sein älterer Bruder.

Zu spät.

Die Schritte verstummten und man hörte, wie sich ein Teil der Luke öffnete. Leider war es zu hoch, die Tür ohne Leiter zu erreichen.

Es dauerte etwas, bis Jesper Stark im Licht der Herbstsonne, die mit voller Stärke das Verließ erhellte, die Person erkennen konnte. Es war ein recht drahtiger Mann. Dennoch ließ nicht diese Tatsache das Blut in Jespers Adern gefrieren. Auch nicht, dass er endlich begriffen hatte, dass sie in einer Art unterirdischem Speicher gefangen gehalten wurden, aus dem es nur einen einzigen Weg hinaus gab – nach oben. Nein, es war die Tatsache, dass das Gesicht des Mannes durch eine seltsame Maske verdeckt war, die man sonst aus Halloweenzeiten als den Sensenmann kannte. Es schauderte Jesper, als der Fremde auf die Frage, warum sie gefangen waren, lediglich mit einer Bibelpassage antwortete:

»Warum? Im 1. Mose, Kapitel 4 steht es doch ganz genau drin: *Und Adam erkannte sein Weib Eva und sie ward schwanger und gebar den Kain und sprach: Ich habe einen Mann gewonnen mit dem HERRN. Und sie fuhr fort und gebar Abel, seinen Bruder. Und Abel ward ein Schäfer; Kain aber ward ein Ackermann.*«

Zur gleichen Zeit warf er einen gefüllten Beutel in das Verlies.

Just in diesem Moment überfiel Jesper eine lähmende Angst. War dieser Mann womöglich vollkommen übergeschnappt? Ein Irrer? Warum antwortete er so seltsam?

»Kain muss seinen Bruder töten«, setzte der Mann fort, beugte sich, um die Falltür zu heben. Mühsam schloss er die Luke wieder. »Kain wird seinen Bruder töten. Er wird ihn erschlagen. Dann ist Kain wieder frei.«

Die Worte hallten noch lange in Jespers Kopf nach, nachdem die Schritte des Mannes verstummt waren.

Kapitel 12

Federal Plaza, NYC
Freitag, 28.10.2016

Ein weiterer Tag verging. Die BAU steckte in einer Sackgasse, was man der Kürze der derzeitigen Meetings entnehmen konnte. Ein Gefühl der Niedergeschlagenheit ließ sich nicht leugnen, auch wenn das beinahe spätsommerliche Wetter weiterhin anhielt und es den New Yorkern erschwerte, die Welt negativ zu sehen. Müde und mit einem großen Becher Kaffee bewaffnet schritt Josh McMelma zu seinem Schreibtisch. Seine Nacht war wieder um die Hälfte kürzer gewesen als gewöhnlich, was daran lag, dass Annie gerade das zweite Zähnchen bekam und ihre Eltern mit Fieber auf Trab hielt. Wie auch immer sich Emily bemühte, ihren Mann vor dem nächtlichen Lärm zu schützen, konnte Josh dennoch keinen Schlaf finden. Nun entschied Scott für seinen übermüdeten Mitarbeiter, dass er sich den Rest des Tages frei nehmen durfte, um endlich einmal auszuschlafen.

»Ja, gleich«, hatte ihm Josh im Vier-Augen-Gespräch in Scotts Büro erwidert, was eigentlich heißen sollte: »Sobald ich meine Arbeit erledigt habe, gehe ich. Keine Sekunde vorher.«

Nun saß er vor seinem Computer und überprüfte zum x-ten Mal die Informationen des Bombenanschlags, in der Hoffnung, neue Erkenntnisse zu gewinnen. Doch nichts passierte. Zögerlich entschied er sich zur Suche in der ViCLAS-Datenbank, die in anderen Fällen normalerweise sehr hilfreich war. In diesem half sie ihnen nicht.

Welches Täterprofil soll der Algorithmus berechnen, dessen Taten doch so unterschiedlich sind? So eine Software gibt es nicht. Mustererkennung funktioniert nur bei Mustern!, ärgerte er sich erneut. *Und dennoch muss es eine Verbindung geben, die der Computer – genau wie ich – übersieht. Nur welche?*

Da Josh kein neuer Suchbegriff mehr einfiel, den man hätte verwenden können, wechselte er frustriert zu einer weiteren Datenbank, die ihm bereits bekannt war.

NamUs.

Von allen Datenbanken mochte er sie am allerwenigsten, denn sie beinhaltete keine reinen Daten der Täter, sondern Bilder. Bilder vermisster Personen, Opfer. Vor allem Kinder lagen ihm besonders schwer am Herzen. Erst recht, wenn sie gerade noch in der Datenbank 'lächelten', um einige Zeit später als Leiche an einem Fundort und dann auf seinem Schreibtisch zu erscheinen.

Zum Glück fanden viele der vermissten Kinder ihren Weg nach Hause – auch wenn bei Teenagern die Zeitspanne meist größer als bei Kleinkindern war. Die glimpflich ausgegangene Suche nach einem Kind erkannte Josh stets daran, dass ihre Bilder beim Herunterscrollen nicht mehr zu sehen waren. Doch jedes der Gesichter prägte sich in sein Gedächtnis ein, besonders, seit er Vater geworden war, und weckte seine Urängste um Annie. Noch während sich nach dem Einloggen die Maske von NamUs aufbaute, sah er eine Meldung, die er vorhin vollkommen übersehen hatte. Diesen Umstand schob er auf seine Müdigkeit. Kurz nachdem sich das Bild aufgebaut hatte, schrie er jedoch auf. Ohne einen seiner Kollegen im Büro aufzuklären, was er nun herausgefunden hatte, lief er die Treppe hinauf – direkt in die Chefetage. Es gab keine Zeit zu verlieren, um die verdutzten Kollegen aufzuklären. Die Meldung ans Team würde ohnehin sein Vorgesetzter übernehmen.

Oben angekommen rang er um Luft, bevor er das vertraute Büro betrat. Entweder durch diese plötzliche, körperliche Betätigung oder durch das Übermaß an Kaffee, den er sich bereits einverleibt hatte, war sein Verstand haarscharf und die Müdigkeit wie weggeblasen.

»Wir haben sie!«, entfuhr es ihm, als er stürmisch Scotts Zimmer betrat.

Sein Vorgesetzter schaute erschrocken von seinem Computer auf.

»Wen? Wen haben wir?«, fragte er entgeistert. Er verstand die Aufregung anscheinend nicht.

»Die neuen Opfer!« Josh war mittlerweile fast euphorisch über seine Entdeckung, obwohl es den Druck auf die BAU erhöhte. »Beide männlich, Jurastudenten, 20 und 22 Jahre alt und wurden zur gleichen Zeit, also vor etwa einer Stunde, als vermisst gemeldet. Von ihrem Zimmernachbarn im Studentenheim … Seiner Aussage nach sollten beide Jungs zu einer Verbindungsparty am vergangenen Montag erscheinen, sind dort aber nicht aufgetaucht. Seitdem wurden sie nicht mehr gesehen, obwohl einer der beiden ein sehr pflichtbewusster Student sein soll …«

»Könnte sein …«, entgegnete Scott nachdenklich. »Was macht dich so sicher, dass es potentielle Opfer unseres Täters sein könnten?«

»Nun«, Joshs Augen glänzten triumphierend, »Jesper Stark, der jüngere von beiden, ist der Bruder von Nathan Stark, dem zweiten der als vermisst Gemeldeten. Ursprünglich kommen die beiden aus Flemington, einem Kaff etwa 60 Meilen von New York entfernt, und passen zu der Geschichte von 'Kain und Abel' besser als alle anderen Vermissten zuvor. Die Begleitumstände ihres Verschwindens ebenfalls.«

Unkontrolliert hob Scott die Hände über den Kopf in die Luft und formte sie zu Fäusten, um sie dann wieder hinunterzunehmen, als er sich der Sinnlosigkeit dieser emotionalen Geste bewusst wurde.

»Wenn du recht hast, dann sind wir dem Täter näher gekommen als je zuvor«, sagte er aufgeregt. »Nun verschwinde endlich nach Hause. Schlaf ein paar Stunden und werde fit! Wir brauchen dich hier dringend: AUSGESCHLAFEN … « Als Scott bemerkte, wie Joshs Lippen einen Satz zu formulieren versuchten, setzte er deutlicher nach: »Keine Widerrede. Im Moment kommen wir ohne dich klar. Los!«

Wenn Josh McMelma eine Sache definitiv wusste, dann, dass in diesem Moment die Diskussion beendet war.

Kapitel 13

Gouldsboro, Pennsylvania
Freitag, 28.10.2016

Die zahlreichen Spalten der Falltür, die an den aufeinandertreffenden Massivholzbalken zwangsweise entstanden, weil man das Holz bei der Herstellung nicht noch fester zusammenpressen konnte, ließen die Strahlen der aufgehenden Sonne hindurch.

»Tag 4«, sagte Jesper teilnahmslos ins Ohr seines Bruders, den er zum Teil mit seinem Körper zugedeckt hatte. Nathan glühte immer noch stark. Gleichzeitig bekam er neuerdings Schüttelfrost. Es ging ihm elend.

Jesper war sich nicht sicher, wann in der ganzen Zeit sein Bruder aufgehört hatte, sich mit ihm zu unterhalten. Das letzte Mal hatte er sich über die 'höllischen Schmerzen an der Wade' beschwert und geschimpft … Doch mittlerweile verwandelten sich die Gespräche zu einem dürftigen Monolog, das vom Klappern der aufeinanderstoßenden Zähne seines Bruders begleitet wurde. Nathan bibberte. Ihm war heiß und kalt zugleich. Dass sich Jesper, soweit es die Schmerzen seines Bruders zuließen, auf ihn gelegt hatte, um ihn zu wärmen, brachte auf lange Sicht keine Besserung.

Jesper musste kein Arzt sein, um zu begreifen, dass sich die mittlerweile stark angeschwollene Wade entzündet hatte und dass sein Bruder dringend medizinische Hilfe brauchte.

Er wartete, bis der Sensenmann kam.

Und es dauerte tatsächlich nicht lange.

Mit einem quietschenden Geräusch öffnete sich plötzlich die Tür in der Decke und die Sonnenstrahlen zeichneten die Silhouette einer menschlichen Gestalt.

Jesper wusste nun, was der Sensenmann von ihm erwartete.

»Kain wird seinen Bruder töten. Er wird ihn erschlagen. Dann wird Kain wieder frei sein«, wiederholte der Sensenmann seinen tagtäglichen Text, der den Jungs mittlerweile keine Angst mehr einjagte, weil sie ihn so oft gehört hatten. Unzählige Male … Bis sie begriffen, was er von ihnen wollte.

Wie immer fielen drei verschnürte Plastikbeutel hinunter: einer mit Wasser, einer mit Hundefutter, einer mit Brot. Vorausgesetzt, dass der Beutel mit Wasser nicht schon wieder aufgeplatzt war, war diese Grundversorgung für zwei Personen ausreichend, um sie nicht vor Hunger oder Durst sterben zu lassen.

Doch seit einiger Zeit weigerte sich Nathan, etwas in den Mund zu nehmen, was er bis vor kurzem noch mit Schmerzen im Rachenraum gerechtfertigt hatte. Nun sagte er gar nichts mehr, sondern lag mit geschlossenen Augen in einer seltsamen Position auf dem Rücken, um weitere Schmerzen der Schulter zu vermeiden.

Als Jesper unter Tränen seinen Bruder so im Licht der aufgehenden Sonne ansah … Mit seinen gräulich schimmernden Fingern und Wadenansätzen, trotz der Unterversorgung mit Wasser auf das Doppelte aufgedunsen … vollkommen regungslos … Bilder, die für ihn in der Dunkelheit des Verlieses verborgen geblieben waren und nun mit dem ersten Sonnenlicht zum Vorschein kamen. Ohne es steuern zu können, brach eine tiefe Trauer aus ihm heraus.

Von den Blicken des interessierten Sensenmanns begleitet, kniete er sich neben seinen Bruder, küsste ihn sanft auf die heiße Stirn und stieß einen entsetzlichen Schrei aus, in dem Wut und Angst verflochten waren.

»Lassen Sie uns doch gehen«, flehte er erneut, wie er es immer wieder getan hatte. Doch auch diesmal zeigte der Sensenmann keine Gnade. Auch diesmal schien ihn der jüngere der Brüder nicht beeindruckt zu haben, was Jesper beinahe das Herz brach.

»Kain wird seinen Bruder töten«, antwortete der Sensenmann zum erneuten Male auf das verzweifelte Flehen um Gnade. »Er wird ihn erschlagen. Dann wird Kain wieder frei sein.« Im nächsten Augenblick beugte er sich vor, um die Falltür zu schließen.

»HALT! STOPP!«, rief Jesper diesmal. Er begriff, dass die Zeit zu knapp war. »Ich bin Kain und werde meinen Bruder Abel töten!«, rief er laut.

Stille.

Der Sensenmann versteifte in der Position, in der er sich momentan befand.

»Ich werde«, setzte Jesper nach, »ich werde meinen Bruder jetzt sofort töten.«

Stille.

»Das wird Mutter aber freuen«, erwiderte der Sensenmann erleichtert und schloss die Falltür wieder. »Ich bringe Kain den Stein!«

In Jespers Herzen keimte Hoffnung auf. Es war das erste Mal, seit sie entführt wurden, dass der Mann etwas anderes als seine seltsame Botschaft aussprach. Es war vielleicht ihre einzige Chance, diesem Gefängnis zu entkommen. Diese Freude musste er mit seinem Bruder teilen. Vorsichtig beugte er sich über Nathan.

»Hey, Nat«, wisperte er. »Wir werden hier rauskommen!«

Nathan öffnete die Augen und schien seinem Bruder mit gläsernen Augen zuzuhören.

»Aber …«, erwiderte er schwach. »Ich kann doch … fliegen. Ich bin … an der Decke…« Der Atem wurde ganz flach. Vor Anstrengung schien er zu hyperventilieren.

»Sch, sch … Ruhig bleiben«, beruhigte Jesper seinen kranken Bruder. »Du kannst nicht fliegen. Ich werde dich hier rausholen! Doch wir müssen vorsichtig sein. Der Sensenmann sprach wieder von seiner Mutter. Vielleicht gibt es noch mehr von diesen Irren hier? Ich habe mal in einem Film gesehen, dass ein gesamtes Dorf in eine Entführung verwickelt war. Wer weiß das so genau? Wir müssen von hier weg.«

»Nein«, wisperte Nathan kaum hörbar.

»Wie nein?« Jesper war entsetzt. Als hätte man die aufkeimende Hoffnung in seinem Herzen gewaltsam zerstört.

»Jes … «, setzte Nathan mit aller Kraft, die noch in ihm steckte, fort, »du … Du musst versprechen«, seine Stimme brach ab. Er sammelte sich wieder, »dass du wegläufst und Hilfe holst. Allein. Versprich! …«

Stille.

»Versprich … es … mir … Bruder«, bat Nathan nach einer kurzen Erholungspause. Jesper schossen Tränen in die Augen. Niemals würde er seinen Bruder alleine lassen. Niemals.

Das war auch Nathan klar. »VER … SPRICH …. ES… JETZT! Sonst … sind wir beide … tot …« Husten erschütterte den schon fast leblosen Körper.

»Ich werde Hilfe holen«, versprach Jesper unter Tränen und sah zu, wie sein Bruder das Bewusstsein verlor.

In dem Augenblick, als Nathans Körper sich entspannte und sich ein Lächeln auf seinen Lippen andeutete, hörte Jesper Schritte über sich. Er schaute das letzte Mal auf seinen Bruder hinunter, packte etwas Hundefutter in die Hosentasche und wartete ab.

»Kain wird seinen Bruder töten.« Die vertrauten Worte des Sensenmanns waren wieder zu hören. Er klang selbstzufriedener als sonst. »Er wird ihn erschlagen. Dann wird Kain wieder frei sein.«

Einige Zeit später, die Jesper wie Jahre vorkam, öffnete sich die Falltür und eine Leiter wurde hinuntergelassen. Der Junge entschied sich zu warten, bis sein Geiselnehmer hinunterkam. Sein Bruder bewegte sich nicht mehr. Selbst die Atmung schien schlaffer zu sein als bisher. Diese Erkenntnis weckte in Jesper eine zusätzliche Portion Mut, den Angreifer zu überwältigen, um schnellstens Hilfe zu holen.

Ruhig beobachtete er, wie der Mann die Treppenleiter hinunterstieg. Stufe für Stufe, bis er Jesper gegenüber stand. Erst jetzt bemerkte Jesper, dass der Sensenmann in der linken Hand einen schweren Stein trug, den er ihm übergab. In der rechten befand sich ein großer Vorschlaghammer. Zu überlegen, warum der Geiselnehmer einen Hammer gebrauchen könnte, blieb keine Zeit mehr.

Jesper nahm den Stein entgegen, zog seine Hand weit nach hinten, um Schwung zu holen, und schmiss den Stein mit voller Wucht gegen ihren Geiselnehmer, der, überrascht durch den Aufprall, nach hinten taumelte, gegen die Wand prallte und auf den Bauch fiel. Etwas benebelt versuchte sich der Entführer aufzurichten, während Jesper bereits auf die Leiter kletterte.

Eine Stufe, zwei Stufen …

Es kam Jesper vor, als würde er sich im Zeitlupentempo bewegen, wie in einem Film, bei dem jede einzelne Sequenz mehrere Sekunden dauerte.

Noch eine Stufe …

In diesem Augenblick spürte er, wie jemand so kräftig an der Leiter zog, dass sie mit einem lauten Krach ins Verlies hinunterfiel. Für einen Moment verlor er dadurch die Balance, doch das kräftigere der beiden Beine war bereits mit dem gesamten Gewicht auf der Erde. Er rannte schnell um das Haus und sah den Sprinter in der Einfahrt stehen. Blitzartig entschloss er sich, ihn stehenzulassen, weil er nicht sicher war, ob die Schlüssel steckten. Ihm blieb nicht besonders viel Zeit, bis vielleicht jemand anderes aus dem Haus kam oder der Sensenmann ihn eingeholt hatte.

Sie würden ihn diesmal nicht am Leben lassen.

Er würde seinen Bruder nicht retten können.

Im beinahe letzten Augenblick fiel ihm das am Zaun angelehnte Damenrad auf. Es war unverschlossen. Und Jesper hatte wenig Kraft. *Damit bin ich deutlich schneller als zu Fuß und kann endlich Hilfe holen*, schoss es ihm durch den Kopf, als er sich mühsam auf den Sattel schwang.

Kapitel 14

Samstag, 29.10.2016

Der Tag begann für alle New Yorker sehr trüb. Das bisher recht sonnige Wetter brachte einen stark bewölkten Himmel mit sich. Regen schien keine mögliche Alternative, sondern eine Tatsache zu sein. Die Frage, die sich lediglich stellte, war: wann?

Genauso fühlte sich Estrella nach dem Aufstehen auch. Und schuld daran war … sie selbst. *Was hat mich dazu getrieben, zuzusagen?*, dachte sie an das gestrige Telefonat mit Dr. Julien Burnsfield, der sie spontan zum heutigen Brunch eingeladen hatte. *Bin ich denn vollkommen bescheuert? Hat es mir nicht gereicht, dass mein Bauchgefühl sagt, ich soll die Hände von ihm lassen? Es muss mir doch etwas zu denken gegeben haben, dass er in diesem Alter noch Single ist. Und natürlich, dass sich genau meine Mutter diesen Mann als ihren potentiellen Schwiegersohn ausgesucht hat? Das kann nichts Gutes bedeuten!*

Doch vermutlich war es nur Neugier, die sie dazu getrieben hatte, dem Hausarzt ihrer Eltern noch eine kleine Chance zu geben. *Vielleicht bin ich nur verzweifelt, weil alle anderen ein Privatleben haben – außer mir …*

Was auch immer der Grund war - durch das trübe Wetter und ihre Lust auf einen heißen Morgenkaffee im Bett verstärkt - war er jetzt verflogen. Denn selbst zum Joggen war Estrella zu faul.

Während der Kaffee durchlief, zwang sie sich, ihr Nachthemd gegen eine heiße Dusche einzutauschen.

Etwa eine weitere Stunde später saß Estrella über ihre Notizen gebeugt, die sie bisher zum Fall Ruby gemacht hatte. Die BAU hatte sämtliche Hinweise und Meldungen zu diesem Thema analysiert und mit dem Bombenanschlag verglichen, doch eine sinnvolle Verbindung hatten sie nicht gefunden. *Und nun scheinen zwei Brüder verschwunden zu sein. Ist das vielleicht alles nur ein Zufall und wir bauen eine Verbindung auf, wo gar keine existiert?* Bei diesem Vorgehen war alles möglich.

Bei Tätern, die offensichtlich psychisch krank waren, einer Wahnvorstellung nachzueifern, bestand die Schwierigkeit im logischen Zusammenhang der Tatumstände. Es ergab manchmal keinen erkennbaren Sinn, den die Ermittler auf Anhieb gefunden hätten. Die Tatsache, dass der Täter scheinbar willkürlich handelte, zumindest solange die BAU seine Denkweise nicht nachvollziehen konnte, erschwerte ihre Arbeit ungemein.

Wie schwierig es war, die Gedankenwelt eines halbwegs normalen Menschen nachzuempfinden, kannte Estrella aus ihrer Berufsausbildung ganz genau. Es erforderte eine enorme Einfühlungsgabe, die Motive der Patienten zu verstehen. Dann folgte die Therapie – die Handlung von einem unerwünschten Verhalten in ein erwünschtes zu übertragen.

Dabei hatte sich Estrella schon zum Beginn ihrer Ausbildung als Psychologin entschieden, keine Begleitung der Patienten anzubieten. Sie wollte es dabei belassen, nur die Motive ihrer Patienten zu erforschen. Und genau das war etwas, das bei der BAU gefragt war. Für die Therapie waren die Gefängnispsychologen zuständig, wenn die Täter längst hinter Gittern saßen.

Nun rief gestern ein – zugegebenermaßen attraktiver – Mann an, dessen Leben zugleich Christus und der Wissenschaft gewidmet war … Hätte dieser extreme Gegensatz Estrella nicht gefesselt, wäre sie nicht sie selbst gewesen.

Als sie sich des Mechanismus, der ihr eigenes Handeln bestimmte, bewusst wurde, saß sie bereits in einem der angesagtesten Diner in ganz New York – im Theatre Row - und bestellte ihre geliebten Pancakes mit Ahornsirup, während Julien auf seine überhebliche Art dem Kellner seine Sonderwünsche zum einfachen Omelette nahezulegen versuchte.

In diesem noblen Diner gehörte es offensichtlich zum guten Ton, die Wünsche der Gäste zu respektieren. Egal wie sie geäußert wurden. Doch Estrella konnte sich bereits vorstellen, wie der Kellner bei der Bestellung ihres Gegenübers innerlich die Augen verdrehte. Erneut fragte sie sich selbst, warum sie so selten auf ihr Bauchgefühl reagierte.

»Ich bin so dankbar, dass du … «, Julien Burnsfield stoppte für einen Augenblick, bevor er fortfuhr, »ich darf doch 'du' sagen, wenn wir uns privat treffen, oder?«

»Aber selbstverständlich«, entgegnete Estrella. … *auch wenn diese Frage laut Knigge der Dame zusteht, Dr. Burnsfield. Wo ist denn Ihre Kinderstube?*, fügte sie in Gedanken hinzu und lächelte freundlich.

»Ich bin so dankbar, dass du zugesagt hast, mich zu sehen«, fing Julien an und hörte nicht mehr auf –, bis der Kellner mit dem Essen kam.

Estrella war dem unbekannten Mann dafür sehr verbunden, dass er die Tiraden ihres Gesprächspartners über seine eigene Genialität unterbrochen hatte und hoffte, das Gespräch während des Essens in Bahnen zu lenken, die sie interessierten. Dass ein weiteres Treffen nicht stattfinden würde, war bereits klar. *Einmal einen Fehler zu machen ist menschlich. Zweimal – einfach nur bescheuert*, dachte sie. Nun musste sie aber wenigstens ihren Vorteil aus der verschenkten Zeit ziehen.

»Julien«, sagte Estrella ganz beiläufig. »Du bist doch oft in der Kirche. Wird in deiner Familie Glauben praktiziert?«

»Nun …« Julien war offensichtlich sehr glücklich, dass die Frage wieder seine Person betraf, was Estrella lediglich für ein weiteres Merkmal seiner narzisstischen Persönlichkeit hielt. »Ich komme aus einer einfachen Familie, bei der Viehzucht an erster Stelle stand. Wir hatten Schweine, Kühe, Hunde und Katzen. Und dann jede Menge Zeit, die wir regelmäßig in der Kirche verbrachten. Ich ging ins Bett nach einem Gebet und fing meinen Tag beim Frühstück mit einem Gebet an. Und es hat sich gar nicht verändert, seit ich erwachsen bin. Ich glaube an Gott und bin sehr stolz, fromm zu leben.«

»Wie kann ich mir deinen Alltag vorstellen?« Nun war das Gespräch auf einem Weg, der Estrella endlich interessierte. Trotz ihrer christlichen Erziehung hatte sie keine Vorstellung, was die Menschen dazu trieb, sich dem strengen Glauben im Erwachsenenleben zuzuwenden.

»Nun, nicht besonders anders als es bei dir ist. Ich stehe mit Gott auf und schließe mit Gott die Augen. Vor jeder Mahlzeit bedanke ich mich für seine Gaben, habe mich der Heilung des Menschen gewidmet und gehe sonntags in die Kirche.«

Und was tust du, was nicht 'ganz' so fromm erscheint und du es vor mir deshalb nicht erwähnst? Was ist das? Etwas Perverses vielleicht?, dachte Estrella und lächelte unwillkürlich, was Julien sofort entgegnete, in der Überzeugung, er wäre damit gemeint.

»Was ist es also, was Menschen in die Kirche treibt? Zwang? Überzeugung? Gewohnheit?«, fragte sie provokant und tunkte ihren Pancake in Ahornsirup, um ihn dann genüsslich zu versenken. Wann hatte sie das letzte Mal auswärts gebruncht?

»Hmm«, Julien überlegte. »Bei uns stellte sich die Frage nicht. Mein Vater starb, als ich etwa vier Jahre alt war. Meine Mutter konnte seinen Tod nur schwer verkraften und suchte Trost bei Gott. Dazu muss ich sagen, dass mein Großvater mütterlicherseits Priester war, ohne dass dieser Umstand bekannt werden durfte, weil er Katholik war. Dort werden die Priester durch ein Zölibat Gott versprochen und dürfen weder Frau noch Kinder haben. Irgendwann bekam meine Mutter die Erleuchtung. Sie wurde zu einer sehr frommen Frau. Ich bewundere sie, wie sie es mit uns, also meinem Bruder und mir, damals geschafft hat. Aber auch sie wurde alt ...« Julien wirkte plötzlich für einen winzigen Augenblick seltsam geistesabwesend. Dann fing er sich wieder. »Wo waren wir stehengeblieben?«

Estrella schluckte die Anmerkung, dass das Zölibat einzig und allein dazu erschaffen wurde, damit die Kirche ihre Schätze durch Erbfolgen nicht mit den Nachkommen teilen musste. So intelligent wie dieser Mann zu sein schien, würde er es eh nicht wahrhaben wollen.

»Wir waren gerade bei der Kirche und dem Zwang oder keinem, sie regelmäßig zu besuchen ...« Estrella lächelte. Beinah erschien ihr der Mann doch sympathisch. Natürlich nur, wenn sie seine übertriebene Religiosität und den penetranten Narzissmus ausblenden konnte.

»Ah ja.« Julian schnitt ein kleines Stückchen von seinem Omelett ab und kaute es so ausgiebig, als hätte er ein äußerst zähes Stück Rindfleisch zwischen seinen Zähnen. Die frisch gewonnene Sympathie war bei dem Anblick schnell wieder verflogen. »Nun, Menschen sind verschieden. Manche gehen in die Kirche aus tiefster Überzeugung; manche 'nur' aus Zwang. Was aber immer bleibt … Wenn Menschen im mittleren Alter die Liebe zu Gott in sich tragen, werden sie sie wahrscheinlich nicht mehr ablegen, weil sie zur Gewohnheit wird. Die Kirche spendet nun mal Trost.«

»So wird es sein.« Dieses Gespräch über die Kirche ermüdete Estrella plötzlich. *Der Mann scheint keinen klaren Gedanken zu haben, der sich nicht mit Gott oder ihm selbst beschäftigt. Wie gruselig. Und meine Mutter lässt sich von solchen Leuten ärztlich behandeln. Wie können Menschen auf den ersten Blick so attraktiv wirken und dennoch so gar nicht zu mir passen?*

»Ha!« Julian lachte laut. »Du findest mich toll, oder? Ich wusste es schon, als wir uns das erste Mal sahen. Und nun feiern wir heute sogar - auf biblische Art - zusammen. Nämlich den Sabbat. Ganz im Sinne der zehn Gebote. Wenn man die Wurzeln unserer Religion nimmt.«

»Moment mal …« Estrella war überrascht. »Wie meinst du das: Wir feiern? Heute ist doch Samstag. Ist nicht Sonntag, also der siebte - der 'heilige' Tag?«

»Nur für die Christen«, erklärte Julien sichtbar amüsiert. »Denn sie haben das dritte Gebot ganz selbstverständlich auf den ersten Tag der Woche, den Sonntag, übertragen. Der Grund ist, dass Jesus Christus am ersten Tag der Woche von den Toten auferstanden ist. Aber wenn man das Alte Testament – genauer das 1. Buch Mose mit der Schöpfungsgeschichte liest, dann weiß man, dass der Feiertag auf den Samstag fällt. Ich zitiere mal: *'Gott sah alles an, was er gemacht hatte: Es war sehr gut. Es wurde Abend und es wurde Morgen: der sechste Tag.'* Also heute. Nun, nicht überall bin ich so bewandert wie bei der Schöpfungsgeschichte, die meine Mutter immer am liebsten erzählt hat.«

»Verdammt. Darum fanden wir Ruby in der Nacht von Samstag auf Sonntag. Er scheint von dem Alten Testament besessen zu sein«, wisperte sie. Das war für Estrella tatsächlich eine neue und überraschende Information. Gab es vielleicht mehr solcher Überraschungen? »Was weißt du über die Geschichte von Kain und Abel?«

»Nun …« Julian deutete das plötzliche Interesse von Estrella völlig fehl. Er dachte, es würde seiner Person gelten. Und er könnte wieder mit seinem Wissen glänzen. Doch diesmal war der Ermittlerin egal, was ihr Gegenüber dachte. Sie war wieder in ihrem Job gefangen. »… Nachdem Adam und Eva aus dem Paradies vertrieben wurden, bekamen sie zwei Söhne, die kaum unterschiedlicher hätten sein können. Während Kain, der Ackerbauer und ältere der Brüder, immer auf den eigenen Vorteil bedacht war, war Abel gottesfürchtig. Zwischen beiden Brüdern wuchs die Konkurrenz, bis eines Tages Kain seinen Bruder mit List auf sein Feld lotste und ihn mit einem Stein erschlug. Die Strafe, die er für seine Tat von Gott erhielt, war, dass seine mit Blut beschmutzten Felder keinen Ertrag mehr gaben und er zu einem heimatlosen Wanderer verdammt wurde, den Gott aber nie wieder verließ. Er begleitete Kain Zeit seines Lebens.«

»In den Geschichten steckt viel Gewalt«, bemerkte Estrella.

»Oh, die gehört noch zu den harmloseren … « Julien nahm die Serviette und tupfte seine Mundwinkel ab, was ihn für seine Begleiterin nicht besonders männlich erscheinen ließ. Doch sie hatte keine Zeit, tiefgehender darüber nachzudenken, weil ihr Mobiltelefon klingelte.

»Tut mir leid«, entschuldigte sie sich kurz, nachdem sie Scotts Büronummer erkannt hatte. »Arbeit …« Sie nahm ab.

»Ah? Ja? … Ja, ich komme gleich«, bestätigte sie den Anrufer, während Julien die rechte Hand hochhielt, um dem Kellner zuzuwinken. Das fand Estrella sehr mitdenkend, als sie auflegte. Somit würde sie sich ein paar Erklärungen sparen.

»Es tut mir so leid, Julien.« Sie war bemüht, die Entschuldigung so glaubwürdig wie nur möglich erscheinen zu lassen. Ganz aufrichtig war sie dabei nicht. »Mein Arbeitseinsatz kommt heute unerwartet ...«

»Kein Problem«, erwiderte der Arzt. »Ich weiß, was es bedeutet, wenn man unentbehrlich wird. Auch ich habe von Zeit zu Zeit Überstunden. Die Menschheit verlässt sich auf uns.«

»Genau.« Estrella versuchte mit der überheblichen Art ihres Gesprächspartners klarzukommen. Doch es fiel ihr zunehmend schwerer.

»Hat es geschmeckt?«, fragte jemand plötzlich hinter Estrellas Rücken, sodass sie erschrak.

»Was fällt Ihnen ein, meine Freundin so zu erschrecken?« Julien ließ es sich nicht nehmen, zu intervenieren, indem er den Kellner zurechtwies. »Um ehrlich zu sein, habe ich schon besser gegessen. Aber gut.«

Estrella wurde die Situation in diesem Augenblick unerträglich peinlich. »Es ist schon gut. Nichts ist passiert«, versuchte sie die Situation zu retten. »Das Essen war wirklich vorzüglich. Vielen Dank.«

»Zusammen oder getrennt?«, fragte der Kellner immer noch erstaunlich höflich, jedoch sichtlich zufrieden, dass sie im Begriff waren zu gehen.

»Ich bezahle gern. Nächstes Mal bist du dran, wenn das okay ist?«, sagte Julien lächelnd und nahm sein Portemonnaie raus, während Estrella ihren Mantel überzog.

Es wird garantiert kein nächstes Mal geben, antwortete sie in Gedanken und vermied es, dem Kellner in die Augen zu sehen. *Wieso passiert sowas nur mir?*

»Einen schönen Tag noch«, wünschte der Kellner etwas verärgert, kein Trinkgeld bekommen zu haben, was so viel wie: *Möge die Pest Sie niederstrecken!* bedeutete.

Kapitel 15

Federal Plaza, NYC
Samstag, 29.10.2016, 13.00 Uhr

Als Estrella Fernández die Tür des Großraumbüros der BAU betrat, sah sie, wie sich Josh McMelma mit Scott Goodwin an dessen Platz angeregt unterhielt. Die anderen Plätze waren frei, anders, als sie es sonst gewohnt war.

»Hi, schön, dass du kommen konntest«, begrüßte Scott sie mit ehrlicher Dankbarkeit in der Stimme.

»Kein Problem, was gibt's?«, fragte Estrella interessiert. Am Telefon hatte sich ihr Vorgesetzter bedeckt gehalten, sodass sie nur die Schwere aber nicht den Grund des Problems erahnte, der sie an ihrem arbeitsfreien Tag in die BAU-Zentralle führte.

»Mein Gott, du bist völlig durchnässt!«, bemerkte Scott. Er sah sie prüfend an. »Haben wir dich etwa aus irgendeinem Date herausgerissen? Du siehst fast zu schick aus für einen langweiligen Samstag.«

»Ist schon gut, das trocknet von selbst. Nennen wir es doch einfach *berufsbezogene Recherche*.« Estrella verdrehte die Augen. »Erinnere mich bitte nicht an mein Date. Ich habe schon auf dem Weg hierher versucht, es zu verdrängen. Ist eine lange Geschichte. Eigentlich kann ich euch nur dankbar für diese Unterbrechung sein. Also, zum Thema. Was liegt an?«

»Du erinnerst dich doch an unsere kürzlich angeforderte Untersuchung unserer Anwärterin betreffend der Präsidentschaftswahlen, nicht wahr?«, übernahm Josh trocken.

Estrella nickte.

»Nun, gestern wurde offiziell die Untersuchung vom obersten Chef des FBI angeordnet. Und zwar unabhängig davon, dass wir bereits bei der Voruntersuchung festgestellt haben, dass es blanker Unsinn ist. Nun erwartet man von uns, dass wir an diesem Wochenende zur Verfügung stehen, falls Fragen auftauchen.«

»Und da hauptsächlich wir drei in die Untersuchung involviert waren«, setzte Scott fort, »müsst ihr mir leider Gesellschaft leisten.«

»Die Stimmung«, Josh verzog die Mundwinkel leicht, » ist derart angespannt bei den Wahlen wie noch nie in der amerikanischen Geschichte. Jede noch so brisante Enthüllung kann über Sieg oder Niederlage bei den Präsidentschaftswahlen entscheiden – in diesem Fall könnte es für die Demokraten verheerende Auswirkungen auf den Ausgang der Wahlen haben. Wenn es nicht schon passiert ist…«

Sowohl er als auch der Rest des Teams war angesichts des angebotenen, republikanischen Alternativgegners in Sorge, auch wenn die Umfragen belegten, dass die Demokraten deutlich vorn lagen.

»Wie es aussieht«, sagte Scott nach einer Weile, »steht uns ein gemeinsames verlängertes Wochenende bevor, wobei ihr euch abwechseln werdet. Leider kann ich die Informationen allein nicht schnell genug liefern.«

»Kein Thema«, fand Josh. »Ich könnte den heutigen Nachmittag übernehmen. Immerhin konnte ich gestern recht gut ausschlafen, und heute schlief ich ohne Emily und der Kleinen auf der Couch im Wohnzimmer. Was haltet ihr von einer anständigen Pizza? Ich könnte für jeden eine bestellen.«

»Warum nicht?«, überlegte Estrella. »Dann esse ich mit euch und haue dann ab, einverstanden?« Nach einer kurzen Zeit warf sie »Für mich Hawaii, bitte« ein.

»Klingt gut. Ich nehme alles, Hauptsache mit Fleisch. Estrella, können wir noch kurz reden?« Scott lächelte.

»Gut, ich werde dich überraschen«, versprach Josh grinsend und machte sich auf die Suche nach dem oft genutzten Zettel für den Lieferservice, während Estrella und ihr gemeinsamer Chef aus dem Büro gingen.

»Hey«, Scott nützte die Gelegenheit, die Ermittlerin allein zu sprechen, »ist wirklich alles okay bei dir?«

Estrella lachte. »Ich bin ein großes Mädchen und kann auf mich selbst aufpassen!«

»Das weiß ich ja!«, bestätigte Scott wirklich überzeugt. Bei dieser eigentlich doch besorgt-liebevollen Reaktion bereute sie, ihren ehemaligen Freund nicht ernst genommen zu haben. Es schien ihm wirklich viel an ihrem Wohl zu liegen. »Es schadet niemals, dennoch zu fragen.«

»Es geht mir wirklich gut, Scott. Danke, das ist lieb«, beruhigte sie ihn lächelnd. »Wenn etwas wäre, könnte ich mich doch an dich wenden, nicht wahr?«

»Absolut.« Scott entschloss sich, es so hinzunehmen, wie sie ihn glauben ließ. »Übrigens«, wisperte er, »Rubys Tagebuch wurde jetzt offiziell als Beweisstück gelistet. Ab sofort können wir darüber sprechen, sofern die Tatsache unter uns bleibt, dass du etwas eigenmächtig gehandelt hast.«

»Wobei ich nicht glaube, dass sie großartig mehr herausfinden werden, als es uns ohnehin schon gelungen ist«, stellte Estrella fest. »Aber es war dumm von mir. Tut mir echt leid.«

»Vermutlich nicht«, bestätigte Scott und wechselte das für beide unangenehme Thema. »Lass uns mal bitte morgen erneut die Zusammenstellung der bisherigen Erkenntnisse zu unserem Adam und Eva-Fall zusammentragen und mit den verschwundenen Brüdern Stark vergleichen. Ich werde das Gefühl nicht los, dass uns etwas entgeht. Aber was?«

Als Antwort zuckte Estrella nur mit der Schulter und spürte gleich, wie unangenehm die Empfindung der nassen Kleidung auf der Haut war, wenn sich diese am Körper verschob. Und das, obwohl sie zeitweilig dieses unangenehme Gefühl verdrängt hatte. Gleichzeitig verfluchte sie ihre fehlende Nachsicht, immer einen Regenschirm mitzunehmen –, auch wenn es nur wenige Schritte zur Metro waren.

Kapitel 16

Montag, 31.10.2016

Als Estrella erwachte, war ihr Schlafzimmer dunkel. Dennoch überkam sie ein ungutes Gefühl, das sie nicht präzisieren konnte, bis … bis sie auf den Wecker schaute.

Sieben Uhr dreißig.

Das war viel zu spät! Auch wenn die Ermittlerin wusste, dass sie keine Bedenken Scotts wegen zu haben brauchte … Zumal sie das Wochenende intensiv durchgearbeitet hatten, war es ihr unangenehm, unpünktlich auf der Arbeit zu erscheinen. Es war einfach nicht ihre Art.

In Sekundenschnelle zog sie die dunklen Vorhänge auseinander und ließ die Sonne hinein. Dann duschte sie sich, zog eine Jeans und eine legere Bluse über, die ihr als erstes in die Hand fiel. *Das Frühstück hole ich mir dann unterwegs*, sortierte ihr Gehirn, während ihre Hände bereits unter den zahlreichen Pinseln nach dem richtigen Utensil für den Puder suchten.

Kaum zwanzig Minuten später befand sie sich bereits auf dem alltäglichen Weg zur BAU-Zentrale an der Federal Plaza –, einem Herzstück der Stadt. Trotz der starken Verspätung sah sie keinen Unterschied zu den restlichen Wochentagen, an denen sie pünktlich im Zug saß. Die Menschenmassen waren einfach unerträglich.

Doch ein Auto wäre auch keine bessere Lösung, dachte sie, um sich von dem beklemmenden Gefühl der Enge abzulenken, das allmählich in ihr hochstieg. *Um diese Zeit würde ich mich eh nur per 'Stop and go' bewegen können, was die dreifache Fahrzeit beanspruchen würde. Es ist sicher besser so, wie es ist.*

Das monotone Geräusch des fahrenden Zuges versank im Chaos der Einzelgespräche der Fahrgäste, wodurch sie das Klingeln ihres Handys vollkommen überhörte. Selbst im überfüllten Waggon stehend hätte sie keine Chance gehabt, das Telefon in ihrer überdimensionalen Tasche zu finden.

Stattdessen konzentrierte sie sich aufs Studieren der einzelnen Gesichter. Es war eine Art Spiel, oder mehr Zeitvertreib, seit sie ihr Psychologiestudium begonnen hatte, bei dem sie sich nicht vom Beobachteten erwischt fühlen wollte. Sie suchte in Gesten, Mimik und im Gesagten die Antwort darauf, was die Menschen eigentlich mitteilen wollten, und freute sich darüber, wenn sie einen Unterschied zum Ausgesprochenen bemerkte.

Doch heute blieb ihr Gedankenspiel nicht unbemerkt.

Ganz weit entfernt in der Menschenmenge spürte sie, wie ein Augenpaar sie anvisierte, das ihr zunächst nur unterbewusst auffiel. Langsam lenkte sie ihren Blick in Richtung der Quelle ihrer Irritation.

Es war ein Mann in der Menge an Köpfen. Auch wenn sie es nicht genau sehen konnte, wusste sie es instinktiv. Sein Körper wurde bis auf einen kleinen Ausschnitt durch einen Mitfahrenden verdeckt, sodass Estrella lediglich einen kleinen Ausschnitt seines Gesichtes sehen konnte.

Diese Augen. Zu kleinen Schlitzen geformt, boten sie keine Wärme, keine Gnade. Schmerzlich penetrant und auf sie gerichtet versprachen sie etwas, was in ihr ein Gefühl des Unwohlseins aufkommen ließ. Unbeabsichtigt bohrte Estrella die Finger fester in ihre Tasche, ohne den eigenen Blick zu senken.

Du willst mich einschüchtern oder herausfordern? Kein Problem! Ich habe keine Angst vor dir!, sprach sie in Gedanken mit dem Unbekannten. Dass ihr Handy erneut klingelte, nahm sie wieder nicht wahr.

Der Mann weckte auf eine sehr faszinierende Weise ihren Kampfgeist, obwohl sie ihm vermutlich körperlich eher unterlegen war. Es passierte ihr selten, dass sie sich so unwohl fühlte. Aber sie hatte etwas zu ihrer Verteidigung, das er möglicherweise nicht hatte: eine vollautomatische 18er Glock in der Tasche und eine genaue Vorstellung, wie sie sie im Notfall benutzen musste.

Wie würde ich mich ohne die Waffe fühlen? Allein in einem Raum mit einem solchen Menschen? Eingesperrt … oder gefesselt?, überlegte sie und registrierte, wie ihr diese Vorstellung einen kalten Schauer den

Rücken hinunterjagte. Der Mann schien sie nicht für einen Moment aus den Augen lassen zu wollen, was ungewöhnlich erschien. Normal war, dass einer von ihnen endlich den Blick senkte.

Ganz sicher nicht ich!, drohte sie dem Mann in ihrer Fantasie und spürte, dass sie schwitzte.

Na wunderbar! Verschwitzt anzukommen ist genau das, was mir noch gefehlt hat, schimpfte sie, als könnte sie ihren Körper damit zum Aufhören nötigen. *Bis zum zwanzigsten Lebensjahr begegnet man im Durchschnitt etwa zwei bis drei Psychopathen. Wie viel höher liegt die Anzahl bei uns Ermittlern?*, fragte sie sich, um sich davon abzulenken, dass der bohrende Blick langsam lästig wurde.

Und dann keimte ein anderer Gedanke in ihr auf. *Was wäre, wenn dieser Mensch kein Psychopath, sondern ein psychisch kranker Mensch wäre? Was wäre, wenn er in der Menge etwas täte, was andere gefährden könnte? Drogen verabreichen … oder eine Bombe zünden? Mit all meinem Wissen könnte ich nichts an seinem Vorhaben ändern.*

Die Denkweise der Psychopathen war Estrella durch ihre Arbeit mittlerweile vertraut. Auch wenn ihr die Gefängnisinsassen am Anfang der Ausbildung unbegreiflich herzlos erschienen – sie boten den Ermittlern stets einen entschiedenen Vorteil: Sie waren berechenbar. Alles, was sie taten, war zu ihrem eigenen Vorteil bedacht. Ihre Aufgabe bestand lediglich darin, diesen Vorteil herauszufinden.

Ganz anders als Menschen, deren gebrochene Psyche anderen Gesetzen der Logik folgte. *Kranke Patienten sind diejenigen, die im Extremfall bereit wären, sich oder dem Umfeld Schaden zuzufügen, weil sie irgendwelche Stimmen hören oder Ähnliches. Es gibt davon zwar extrem wenige, doch es ist wie mit einem Blitzeinschlag. Was nützt es mir, die äußerst geringe Wahrscheinlichkeit zu kennen, vom Blitz getroffen zu werden, in dem Moment, wenn er mich trifft?* Die Diskussion über die Heimtücken der Statistik mit ihren Kommilitonen im Grundstudium war noch lebhaft in ihrer Erinnerung.

Der Zug fuhr in eine Metrostation ein und bremste unerwartet stark, was sie daran merkte, dass sie mit ihrem gesamten Gewicht abrupt auf dem Vordermann landete. Diese Tatsache war ihr sehr unangenehm.

»Es tut mir leid …«, entschuldigte sie sich und merkte zugleich, dass der Unbekannte, der sie die ganze Zeit so intensiv angestarrt hatte, verschwunden war. Als hätte er sich in Luft aufgelöst …

An der Spring Station angekommen, öffneten sich die Türen automatisch, und die graue Masse mit den unterschiedlichen Gesichtern strömte aus dem Zug hinaus ins Freie. Alles lief so schnell ab. Zu schnell.

Estrella ließ sich mittreiben, obwohl ihr noch zwei Stationen bevorstanden. Nun wollte sie unbedingt den Unbekannten sprechen. Jetzt, als ihre Hände frei beweglich waren und jederzeit die Waffe erreichen konnten, fühlte sie sich stark genug, diesem Mann zu begegnen.

Doch er blieb verschwunden. Genauso unerwartet, wie er aufgetaucht war. Estrella schaute sich noch mehrfach um. Unentschlossen lief sie sogar kurz einer Gruppe Menschen in die Richtung hinterher, in der sie den Fremden am ehesten vermutet hätte. Doch sie hatte kein Glück.

Deprimiert kehrte sie wieder zurück, um die nächste Bahn nicht zu verpassen. Die Anzeige kündigte einen neuen Zug in wenigen Minuten an, also wartete sie geduldig, als ihr Blick auf einen sitzenden Mann fiel, der die New York Times in seinen ausgebreiteten Händen hielt. Der Text in der Kopfzeile sprang ihr sofort ins Auge.

»*Das FBI hat bei seinen Nachforschungen keine Hinweise auf kriminelles Verhalten im Umgang mit der Korrespondenz der Demokraten gefunden. Das teilte am Sonntag, den 23.10.2016, der Sprecher des FBI auf einer …*«, las sie.

Genau, ärgerte sie sich. *Und wer hat sich mal wieder den Hintern aufgerissen, um den Unsinn zu widerlegen? Wir! Und wen interessierte unsere Voruntersuchung rein gar nicht? Die hohen Bosse beim FBI, die sich dem Guardian zufolge in einer starken Anti-Demokraten-Stimmung befanden. Zum Glück habe ich damit wenig zu tun. Sollen sie! Aber nun wurde von den*

Gockeln bestätigt, was uns von vornherein klar war. Abgesehen davon, dass es Scott, Josh und mich einen ganzen Sonntag in der BAU gekostet hat. Statt unsere Fälle zu lösen, bei denen Menschen sterben, bekommen wir Arbeitsbeschaffungsmaßnahmen.

Wütend betrat Estrella den nächsten Zug, der in diesem Augenblick in der Spring Station anhielt. Der Unbekannte blieb verschwunden, doch darüber verlor sie kaum einen Gedanken mehr. Geistig war sie wieder bei der Arbeit.

Ohne ernsthaft darüber nachzudenken, schaute sie sich dennoch im Zug um.

Kapitel 17

Das Büro war ungewohnt still, als Estrella die Tür betrat. *Habe ich etwa eine Besprechung verpasst?*, wunderte sie sich. *Waren wir nicht für Dienstag verabredet?*

Mit schneller Handbewegung schmiss sie ihre Tasche auf den Schreibtisch und hängte ihren Kurzmantel über die Hochstuhllehne. Erst dann entschied sie sich, nachzusehen, wo sich ihre Kollegen aufhielten.

Als sie Scotts Büro leer vorfand, richtete sie ihre Schritte sofort zum Besprechungsraum und ging ohne anzuklopfen hinein.

»Hi, es tut mir …«, fing sie unsicher an, doch Scott unterbrach sie prompt.

»Alles cool. Wir haben es bereits bei dir versucht.«

»Oh nein, der Zug war zum Erbrechen voll«, ärgerte sich Estrella, zumal sie die angespannten Gesichter der Kollegen sah. »Habe ich etwas verpasst?«

»Kann man so sagen«, entgegnete Scott. »Am späten Samstag wurde im Fresenius Medical Care, in Scranton, ein junger Vagabund eingeliefert, der zuvor von einem PKW angefahren worden ist. Der Junge hatte Glück im Unglück, weil er sich nicht direkt auf der Fahrbahn der I-380 befand, sondern seitlich davon. Der Fahrer fuhr mit seiner Begleiterin zur Seite und war laut Eigenaussage unaufmerksam, sodass sie den Jungen übersehen haben. Ganz offensichtlich war auch Alkohol im Spiel. Jedenfalls …«, er seufzte. Wenn Jugendliche, Sex und Alkohol im Spiel waren, erinnerte ihn das an den eigenen Sohn, und er hoffte inständig, dass es Will niemals passieren würde, » … fuhren sie den Jungen an, der dann stürzte und sich eine Schädelfraktur zuzog. Von Panik erfasst nahmen sie den Jungen mit ins Auto und brachten ihn ins Fresenius Krankenhaus, wo man ihn anschließend notoperierte. Es steht im Moment nicht gut um den Jungen. Die Ärzte stellten bei der Aufnahme fest, dass er etwas mager und sehr verdreckt war, sowie

Verletzungen aufwies, die nicht nur von dem vom Fahrer beschriebenen Tathergang herrührten. Vorsichtshalber ließen sie die Polizei kommen, die den Vorfall zunächst nur aufnehmen sollte, noch während der Junge operiert wurde. Doch als heute früh die Fingerabdrücke des Opfers von einem der Polizisten ins System eingelesen wurden, stellte sich heraus, dass es sich um einen der gesuchten Brüder handelt – um Jesper Stark.«

Nun begriff Estrella, warum die Kollegen so angespannt waren. »Verdammt, ich muss mich setzen.« Sie ließ sich ungeschickt auf einen der Stühle fallen.

»Das Problem ist«, übernahm Angel, »... dass der Junge keinesfalls ansprechbar ist. Er liegt auf der Intensivstation. Wie lange dieser Zustand dauert, können die Ärzte nicht genau sagen.«

»Und wenn dem Täter das Opfer weggelaufen ist, könnte er unberechenbar reagieren«, ergänzte Bryan Goseburn. »Er wird sich ein neues Opferpärchen suchen. Das bedeutet aber auch, dass das Leben von Nathan Stark in Gefahr ist. Vorausgesetzt, dass er überhaupt noch lebt.«

»Wäre es sinnvoll, dass die Presse von diesem Vorfall nicht berichtet?«, fragte Estrella. »Damit würden wir den Täter nicht unnötig reizen.«

»Leider ist es dafür zu spät.« Scott klang resigniert. »Es wurde bereits darüber berichtet. Vermutlich wird er verlegt, sobald er transportfähig ist. Nun aber sollten wir losfahren und uns mal den Ort anschauen, an dem der Junge angefahren wurde. Die hiesige Polizei konnte es mit dem Fahrer des Wagens, nachdem er nun nüchtern ist, gerade noch recht sicher bestimmen. Josh, du bleibst in der Zentrale und bekommst Unterstützung von Bryan. Angel und Estrella fahren mit mir nach Pennsylvania. Wir haben keine Zeit zu verlieren!«

Scott wartete die Zustimmung der Kollegen nicht ab, als er aufstand und die Schritte in sein Büro richtete.

*****

Etwas weniger als drei Stunden später standen die Ermittler vor der Glastür zur Intensivstation im Fresenius Medical Care, einem eher nüchtern wirkenden Krankenhaus in Pennsylvania, und schauten auf die Vielzahl von Geräten, die das Leben von Jesper Stark überwachten.

»Er ist näher am Tod als am Leben«, antwortete die zuständige Ärztin traurig. »Zwanzig Jahre jung. Genauso wie mein Sohn …«

»Wann werden wir ihn sprechen können?«, fragte Angel.

»Keiner weiß es so genau«, erwiderte die Ärztin. »Manche Patienten brauchen Tage, manche Wochen. Wir sind keine Maschinen, leider.«

»Bitte, rufen Sie mich sofort an, wenn er ansprechbar ist.« Scott gab der Ärztin seine Visitenkarte. »Ist Ihnen sonst etwas aufgefallen?«

»Ich habe es zwar schon der Polizei erzählt …«, erklärte sie, » … mache es aber gern nochmal. In den Taschen des Patienten fanden wir Fleischreste, die bestialisch gestunken haben, als er eingeliefert wurde. Außerdem waren seine Verletzungen schlimmer als von dem Unfall, den uns die jungen Leute beschrieben haben. Irgendetwas passte mir nicht dazu … Der Patient war stark dehydriert … und noch eine Sache, obwohl ich nicht weiß, ob es relevant ist.«

»Erzählen Sie alles, was Ihnen einfällt«, bat Scott.

»Nun, seine inneren Hosenbeine waren dreckig«, sagte die Ärztin nachdenklich. »Aber nur der Innenbereich. Quasi zwischen den Beinen. Das fand ich komisch. Es war eine etwas ölige Schicht, dazu auch noch recht schwarz. Als wäre er … Als wäre er mit einem Fahrrad gefahren und vielleicht hingefallen.« Dann fügte sie hinzu: »Ich weiß das, weil ich oft mit dem Rad zur Arbeit fahre.«

»Fahrrad?« Scott konnte das Gespräch nicht fortsetzen, weil sein Handy in diesem Augenblick klingelte. Er schaute die Ärztin an und zog einen der Mundwinkel entschuldigend herunter. Auf der

Station war Mobilfunk aufgrund der sensiblen Apparaturen streng verboten.

Dagegen schien die Ärztin verständnisvoll zu sein. »Na, gehen sie schon dran«, sagte sie und ging ins Schwesternzimmer, als wollte sie seine Privatsphäre wahren.

»BAU-Zentrale, Supervisory Special Agent Scott Goodwin. Was gibt's?«, meldete er sich und wartete ab. Nachdem der Anrufer in einem kurzen Monolog den Grund seines Anrufes erklärt hatte, ließ er sich ein ebenso knappes »Wir kommen dann« entlocken.

»Sie haben die Stelle abgesperrt. Wir fahren sofort los!«, verkündete Scott und machte sich auf den Weg, ohne sich zu verabschieden.

Etwa zwanzig Kilometer weiter in Richtung Gouldsboro sahen sie es. Auf der vierspurigen Autobahn mitten im Nirgendwo, die von einem von Sträuchern bewachsenen Graben zweigeteilt wurde, waren ein winziger Teil der Fahrbahn und ein Fußweg daneben durch gelbe Bänder abgesperrt. Aufgrund der Behinderung durch die Absperrung des Fundortes delegierte man zusätzlich zwei Polizisten ab, die den Verkehr regelten. Leider mussten die Ermittler an der interessanten Stelle vorbeifahren, um erst bei der nächsten Ausfahrt umzukehren. Im Auto herrschte eine gereizte Atmosphäre.

Scott stellte sich den Polizisten vor, als sie an der vermeintlichen Fundstelle angekommen waren. Er wusste um die Abneigung der Streifenpolizei gegenüber der FBI-Dienstmarke, daher versuchte er stets freundlich aufzutreten, um die Konflikte über die Zuständigkeiten und Hackordnungen zu vermeiden. Nun waren sie dem Täter so nah wie noch nie zuvor. In keiner Weise wollte er diesen Vorteil aufs Spiel setzen.

Mit Freude registrierte er, dass die Polizisten für den Austausch von Informationen offen waren.

»Viel haben wir hier nicht finden können«, sagte der erste von ihnen, der sich als David vorgestellt hatte. »Wir ahnten, dass es die richtige Stelle war, weil nur hier so starke Bremsspuren seitlich von der Fahrbahn zu sehen waren. Und auch der Fahrer des Unfallwagens erkannte diese Stelle. Die Spurensicherung war bereits vor Ort und hat einige Beweise gefunden.«

»Haben Sie …« Angel schaute den zweiten Polizisten an, der sein Interesse für die attraktive Ermittlerin nur schwer verbergen konnte. Er hatte sich als Stanley vorgestellt. »… haben Sie alles abgesucht? Vielleicht ein Fahrrad gefunden oder etwas Ähnliches?«

»Ein Fahrrad?« Stanley war sichtlich überrascht. »Nicht gesehen.« David zuckte ebenfalls mit der Schulter.

»Kein Problem.« Angel lächelte und sah, dass Stanley in diesem Augenblick verlegen den Blick abwandte. Der recht unattraktive Polizist hatte nicht nur Respekt vor den angesehenen Kollegen. Sichtlich hatte er auch Probleme, erfolgreiche Frauen anzusprechen.

»Na, dann lasst uns mal gleich auf den Weg machen, das Fahrrad zu suchen«, schlug Scott vor. Sie ließen die perplexen Polizisten an der Fundstelle zurück, während sie sich immer mehr von der Straße entfernten.

»Könnte der Junge die Autobahn von der anderen Straßenseite passiert haben?«, fragte Angel, als sie außerhalb der Hörweite der Streifenpolizisten waren.

»Es wäre alles möglich, doch …«, überlegte Estrella laut, »…stell dir mal vor, du entkommst einem Entführer, irrst herum. Wäre es nicht naheliegend, wenn du an eine vielbefahrene Straße kommst, auf der gleichen Seite nach Hilfe zu suchen? Warum sich der Gefahr aussetzen, auch noch überfahren zu werden? Darum kam er sicherlich dem Auto viel zu nah, das ihn angefahren hat. Klingt plausibel für mich.«

»Stimmt«, gab ihr Angel recht. »Macht Sinn. Wäre es aber möglich, dass der Junge hier einfach ausgesetzt wurde? Dass der Täter keine Verwendung mehr für ihn hatte? Oder gar, dass es nicht unser gesuchter Täter ist?«

»Auch das habe ich schon erwogen«, bestätigte Scott. »Es ist tatsächlich genauso möglich, dass es zwei unterschiedliche Fälle sind. Deshalb wäre es notwendig, dieses verdammte Fahrrad zu finden, bevor es dunkel wird.« Erst jetzt fiel ihnen auf, dass es bereits zu dämmern anfing. »Wenn wir es heute nicht finden, müssen wir es morgen mit einem Suchtrupp versuchen.«

»Dann lasst uns doch im Gelände verteilen, okay?«, schlug Angel vor. »Damit haben wir die besten Chancen, fündig zu werden.«

Mit einem flüchtigen Blick auf ihre Lieblingshalbschuhe machte sich Estrella geradewegs auf den Weg in Richtung Bäume, die sie in großer Entfernung sehen konnte. Scott und Angel gingen jeweils weiter seitlich von ihr weg. Sie konnten von Glück reden, dass es in letzter Zeit keinen Niederschlag gegeben hatte, sonst hätte sie ihre Schuhe nach dieser Aktion direkt am Straßenrand entsorgen müssen.

Jesper, was hast du getan? Erzähl es mir. du bist erschöpft, sprach Estrella in Gedanken mit dem Jungen im Krankenhaus, während ihre Kollegen mehr und mehr zwischen den Bäumen verschwanden. *Wahrscheinlich bist du längere Zeit mit einem Fahrrad gefahren ... Wer weiß schon, wie lange? Dann siehst du von Weitem eine Art Wiese, die direkt zur Autobahn führt ... Von da aus könntest du Hilfe holen ... Wo ist dein Fahrrad nun?*

»HIER!«, hörte sie plötzlich Angel schreien und rannte sofort in die Richtung, aus der die Stimme kam. »Hier!«

Als sie die Stelle erreichte, an der Angel das Fahrrad gefunden hatte, war Scott bereits vor Ort und rang nach Luft.

»Ich werde immer unsportlicher«, keuchte er, doch sein Blick verriet, dass er mit sich zufrieden war. Vor ihnen auf dem Waldboden lag ein dreckiges Damenrad, das einen platten Reifen hatte.

»Ein Damenrad?«, fragte Estrella ungläubig. Doch es war das Einzige dieser Art, das sie finden konnten. Und es sah nicht unbenutzt aus.

Du hast von hier die Autobahn gesehen und wusstest, dass du gerettet bist, nicht wahr, Jesper?, fragte Estrella mehr sich als den Jungen in

Gedanken und sah sich um. *Du brauchtest dein kaputtes Fahrrad von hier aus nicht mehr, oder? Du warst gerettet …*

»Der Teufel soll mich holen, wenn das nicht das Fahrrad des Jungen ist!«, sagte Scott eine Spur enthusiastischer. »Wir brauchen die Spurensicherung und Bilder. Ein Damenrad muss einer Dame gehören. Das soll schnell in die Nachrichten. Die Informationen für die Presse sollen allerdings spärlich ausfallen, Angel. Wir wollen den Täter so wenig aufregen, wie es nur geht. Das Opfer hat ihm mit der Flucht genug Druck gemacht. Mehr brauchen wir im Moment nicht.«

»Wenn das alles wahr ist, dann haben wir mehr Glück als Verstand! Das wäre unser Durchbruch!«, entgegnete Angel. »Den brauchen wir aber schleunigst, bevor Nathan Stark oder ein anderer Junge zu Schaden kommen.«

Estrella schwieg und hörte zu, wie Scott Hilfe anforderte. Sie hoffte, dass sie sich nicht in eine Ermittlung verrannten, die ihnen lieb war. Als ihr Blick auf ihre Füße fiel, fluchte sie leise. Der Schutz der Bäume ließ an der Stelle, an der sie standen, die Erde nicht vollständig austrocknen. Ihre Halbschuhe steckten tief im Morast. »Na toll, das rundet meinen verrückten Tag ab«, sagte sie wenig zufrieden.

Kapitel 18

New Brunswick, NYC
Mittwoch, 02.11.2016

Lucy Robinson, eine sehr stille und tüchtige Psychologiestudentin im ersten Semester, saß auf der Couch ihres kleinen Appartements in ihrem modernen Studentenwohnheim und starrte bereits seit Stunden den kleinen Fernseher an. Einer der wenigen Luxusgüter, die sie sich neben ihrem Studium leisten konnte.

Es waren die Nachrichten, die ihr Weltbild zum Einsturz brachten. Nun streckte ihre Vergangenheit die Finger nach ihr aus, und sie spürte, wie sie nach diesen Fingern greifen würde.

»Im Rahmen der Ermittlungen zur Entführung von Jesper und Nathan Stark erhofft sich das FBI einen konkreten Hinweis auf ein in der Nähe der Autobahn I-380 gefundenes Damenrad, das dort sichergestellt wurde. Jesper Stark wurde ins nahliegende Krankenhaus eingeliefert; von Nathan Stark fehlt immer noch jede Spur. Bei dem Fahrrad handelt es sich um ein silbernes Damenrad der Marke …« Hier folgten die Beschreibung und das Bild eines Fahrrades, das sie in jedem Detail kannte. Weil es ihr einst gehört hatte. *»Die Ermittlungskommission des FBI hat nun im Zusammenhang mit dem aufgefundenen Fahrrad folgende Fragen an die Bevölkerung: Wer kennt dieses Fahrrad und kann Hinweise auf den letzten Besitzer geben? Wo ist dieses Rad eventuell abhanden gekommen? Hinweise richten Sie bitte an folgende Telefonnummer …«* Eine Ziffernabfolge wurde lange genug eingeblendet, dass der Zuschauer sie abschreiben konnte.

Lucy musste es nicht.

Die Nachrichten liefen seit gestern Abend – immer wieder, sodass sie die Nummer bereits auswendig kannte.

Sie bedeutete nichts Gutes.

Noch vor einigen Tagen, genau zum 16.10., dachte Lucy, sie hätte das Schlimmste überstanden. Kaum ein Jahr nach ihrer Vergewaltigung, und sie lebte immer noch! Mehr sogar. Zum ersten

Mal lief ihr Leben in geregelten Bahnen. Und zumindest nach außen hin hatte man den Eindruck, dass sie ihr Leben wieder fest im Griff hatte. Gleich nach ihrer Entführung hatte sie die Koffer gepackt und ihre Pflegeeltern verlassen, um das Studium an der State University in New Jersey zu beginnen.

Lucy hatte alles, was sie sich für ihr Leben wünschte: einen Studienplatz, einen Job als Kellnerin im nahe gelegenen Restaurant … Sie fing sogar an, einen vorsichtigen Kontakt zu ihren Pflegeeltern aufzunehmen. Immerhin hatte sie sonst niemanden auf der Welt außer ihnen.

Still erhoffte sie sich, dass sie eines Tages miteinander sprechen würden, wie Eltern und Kinder es sonst immer tun. Für diese Vorstellung war sie gern bereit zu glauben, dass sie damals weggelaufen sei. Dass es keine Entführung gab. Dass sie sich alles nur eingebildet hatte. Diese Tür hatte sie in ihrem Kopf für immer verschlossen. Sie hatte sich dem Glauben ihrer Pflegemutter angepasst.

Weil es besser für sie war. Einfacher.

Es gab in ihrem Leben wieder nur ein Thema: die Universität. Die Vergewaltigung durch den Sensenmann hatte sie durch eine wirre, aber einfache Geschichte aus ihrem Leben verbannt, nämlich dass sie abgehauen war. Und je länger sie darüber nachdachte, desto realer wurde diese Vorstellung.

Keine Entführung. Keine Vergewaltigung. Das war alles eine Lüge.

Selbst die Polizei glaubte ihr nicht. Als sie Lucy damals im Krankenhaus befragten, nachdem man ihr eine Pille-Danach verabreichte, schienen ihre Aussagen so wirr, dass man auch ihr Umfeld zurate gezogen hatte. Ihre Pflegeeltern, ihre Klassenkameraden, ihre wenigen Freunde …

Niemand wollte so recht die Aussage der Pflegeeltern anzweifeln, dass das 'komische' Mädchen fähig gewesen wäre, abzuhauen und sich eine Vergewaltigung auszudenken, um lediglich einen gewalttätigen Freund zu decken. Es klang schlüssig. Und es klang sozialverträglich. Als ob man mit einer Version vom Querulanten einfacher leben würde. Also glaubte Lucy irgendwann ebenfalls daran. Mit der Zeit verzieh sie sogar ihren Eltern, und es sah so aus, als würde das Leben auf diese Weise wieder funktionieren.

Zumindest bis gestern, als sie das erste Mal ihr Fahrrad im Fernsehen sah. Alle diese charakteristischen Einkerbungen, die die Polizei von Nahem abgelichtet hatte, waren ein Teil ihrer Kindheit in Newark.

Zum erneuten Mal drängten sich Lucy die Bilder ihrer Entführung vor ihr geistiges Auge – als wäre es gerade gestern passiert. Im gleichen Augenblick, als die Schatten der Vergangenheit in ihr aufstiegen, rannte sie ins Badezimmer, riss den Toilettendeckel hoch und erbrach sich wieder. Und obwohl ihre Nacht vollkommen schlaflos war, konnte sie es nicht lassen, die Informationen aus dem Flimmerkasten wie ein Schwamm aufzusaugen. Der Sensenmann war wieder in ihr Leben eingedrungen.

Der Brechreiz ließ langsam nach, was verständlich war angesichts der Leere in ihrem Magen. Die Vergangenheit ließ sie weder schlafen noch essen. Und sie wusste auch, dass er ein neues Opfer in seinen Fängen hatte - einen Mann, zwei Jahre älter als sie selbst. Würde er ihn ebenfalls vergewaltigen? War der Bruder, den man gefunden und ins Krankenhaus eingeliefert hatte, ebenso vergewaltigt worden?

Nicht mein Problem! Dann soll er fliehen! So wie ich!, sagte ihr Verstand. *Das alles hat nichts mit mir zu tun. Es ist auch bestimmt nicht mein Fahrrad. Ich irre mich.*

Auch wenn sie im Grunde ihres Herzens wusste, was zu tun war, rief sie dennoch im Restaurant an. »Ich glaube, ich bin wieder fit für die Spätschicht heute Abend. Es geht mir wieder richtig gut. Was gestern war, weiß ich nicht«, log sie.

Um nichts in der Welt würde sie zulassen, dass der Sensenmann ihr Leben noch einmal zerstörte.

Kapitel 19

Federal Plaza, NYC
Donnerstag, 03.11.2016

Im BAU-Großraumbüro herrschte unheilvolle Ruhe. Jeder der Ermittler saß über seine Tastatur gelehnt und versuchte einem der vielversprechenden Hinweise nachzugehen, die über das NYPD an das FBI weitergeleitet wurden. Diese Art der Zusammenarbeit zwischen beiden Behörden war selten, aber diesmal notwendig, um der steigenden Anzahl von Hinweisen aus der Bevölkerung gerecht nachzugehen. Und trotz allem waren es immer noch Tausende.

Die Hinweise, die von vornherein ausgeschlossen werden konnten, wurden nicht an die BAU übergeben. Dabei hatte man in die ohnehin vage Beschreibung vom Tathergang einige Falschinformationen wie Stolperfallen eingebaut, um Trittbrettfahrer auszuschließen. Nun bestand die Aufgabe darin, zu sehen, welche Angaben absolut nicht zu dem Täterprofil passten. Diese wurden auf der Rangliste ganz nach hinten gesetzt - wenn die vielversprechenden keinen Erfolg gebracht hatten.

Es war eine mühsame Arbeit. Dennoch waren sie froh, dass kontinuierlich Hinweise ankamen, die sie überprüfen konnten. Jesper Stark war trotz intensiver medizinischer Betreuung immer noch nicht ansprechbar.

Ausgerechnet heute fiel es Estrella schwer, sich auf die Arbeit zu konzentrieren. Der Mann aus der Bahn ging ihr immer noch nicht aus dem Kopf. *Was war das für einer? Werde ich jetzt gestalkt?*, fragte sie sich und schweifte gedanklich von der Arbeit ab. *Wie würde ich mich fühlen, wenn ich allein mit ihm im Zug wäre?* Die Opfer müssen einiges durchmachen, dachte sie traurig. *Manche werden sogar von solchen Typen in der Öffentlichkeit vergewaltigt ...* Das Bild von Ruby tauchte in ihrem Gedächtnis auf.

Plötzlich hatte sie eine verrückte Idee.

»Josh«, sagte Estrella und rutschte auf ihrem Bürostuhl zu ihrem Kollegen rüber.

»Hmmm«, antwortete dieser und widmete sich wieder seiner Arbeit.

»Es ist vielleicht verrückt, aber …«, überlegte sie, »… gerade musste ich nochmal an Ruby denken. Wir haben doch Spermaspuren ihres Vaters überall entdeckt, weißt du noch?«

»Ja …« Entweder verspürte Josh kein Interesse an einem der Gespräche, die sie immer auf solche Weise führten, oder seine Konzentration nahm spürbar ab. Beides war nicht sehr gut.

»Ich fragte mich gerade«, fuhr Estrella fort, »warum das erste Opfer, Ruby, von dem Täter vergewaltigt wurde. Nun hat er auch noch zwei Männer in seiner Gewalt gehabt. Und Jesper war, so wie der Vater von Ruby, Liam Bishoff, unversehrt. Diese körperliche Komponente hat mich so beschäftigt, dass ich überlegte, ob er vielleicht irgendwelche Probleme mit Frauen hat? Vielleicht hat er mal eine Frau vergewaltigt oder sowas? Die ersten Opfer müssen nicht getötet werden.«

»Könnte natürlich sein. Wir haben uns vielleicht zu sehr auf die Motive versteift, dass wir diese Möglichkeit wenig in Betracht gezogen haben«, überlegte Josh. »Was den Kreis der Verdächtigen allerdings nicht gerade einengen, sondern eher sprengen würde. Aber klar!«

»Moment, ich bin noch nicht fertig. Die bisher gefundenen Opfer befanden sich in der Nähe von New York oder in der Stadt selbst. Wenn man überlegt, dass das Auto von Liam Bishoff irgendwo unterwegs entführt wurde, dann könnten wir es vielleicht geografisch noch mehr einengen?«

»Haben wir das nicht bereits gemacht?« Josh widerstrebte es, die gleichen Tätigkeiten mehrmals zu wiederholen.

»Ja, schon. Nur diesmal ist die Liste um die Vergewaltigungsfälle erweitert. Mach es mal bitte für die letzten drei Jahre. Diesmal nur Vergewaltigungen. Vielleicht ist es auch vollkommen unsinnig, aber …« Estrella rollte zu ihrem Schreibtisch zurück. Als sie wenig später mehr als dreihundert Namen der aufgenommenen

Vergewaltigungsfälle las, war sie sicher, dass sie irrte. *Danke, Mann im Zug. Nun bin ich auch noch paranoid!*

*****

»Wer hat noch nicht? Wer will noch?«, fragte Scott resigniert, als er nach der Mittagspause mit neuer Arbeit im Büro seines Teams erschien.

»Ich mach's, was soll's«, antwortete Estrella nicht weniger begeistert. Sie ertranken alle in Arbeit. Ob sie ein wenig mehr bekommen würden, spielte keine Rolle.

»Da es diesmal etwas weniger waren, hat man sich beim NYPD die Mühe gegeben, die interessantesten zehn nach oben zu packen.«

»Was für ein Service!« Estrella lachte. »Lass mal sehen …«

Lucy Robinson. Der Name kam ihr seltsam vertraut vor. *Vielleicht, weil der Fall ganz oben aufliegt?*, überlegte sie. Es ließ sie nicht los, daher las sie die Notiz dazu. Es war ein Telefonat, bei dem die Anruferin behauptete, dass es ihr Fahrrad gewesen wäre. Und dass der tiefergehende Kratzer am Rahmen, den sie als Falle eingeblendet hatten, ganz offensichtlich neu dazugekommen sein musste. Der Clou war … es gab überhaupt gar keinen tiefergehenden Kratzer. Nach dieser Falschinformation sollten die Polizisten unauffällig fragen.

Lucy Robinson, Lucy Robinson … Kommt es mir deshalb so vertraut vor, weil ich das Buch von Robinson als Kind mochte? Es ist nicht unüblich, dass das Gehirn solche Fehler einbaut. Doch mit einem Mal wusste sie es.

Lucy Robinson, ein junges Mädchen aus Newark, stand auf der Liste, die sie soeben von Josh erhalten hatte. Mit zitternden Händen gab sie den Namen in die Datenbank ein und konnte ihren Augen kaum glauben.

Lucy Robinson, eine Siebzehnjährige aus Newark, wurde vor mehr als einem Jahr von einem Unbekannten entführt und vergewaltigt. Was sie jedoch zum Aufschreien brachte, war die Tatsache, dass Lucy Robinson ihren Angreifer als einen religiösen Irren bezeichnete.

Kapitel 20

Federal Plaza, NYC
Freitag, 04.11.2016

»Es tut mir leid.« Es war kaum zu glauben, dass Lucy - das hübsche, zerbrechliche Mädchen -, das jetzt Estrella gegenüber saß, solch ein Martyrium überlebt hatte. Sie waren in einem der Verhörräume des FBI. Nur diesmal saß der Ermittlerin kein Verbrecher gegenüber, sondern eines der Opfer. Dennoch nutzten ihre Kollegen die Chance, dem Verhör hinter dem Venezianischen Spiegel zu folgen; Lucy sollte das Gefühl haben, allein mit Estrella im Raum zu sein. »An mehr kann ich mich leider nicht erinnern. Es ist schon mehr als ein Jahr her.«

Man sah, dass es Lucy schwer fiel, über die Geschehnisse zu sprechen. Das verstand jeder von ihnen. Leider halfen die neu gewonnenen Erkenntnisse nur wenig. In der Akte stand sogar deutlich mehr, als sie jetzt aus dem Mädchen herausbekommen konnten.

»Du hast das großartig gemacht!«, lobte Estrella und nahm sich vor, sobald wie möglich dafür zu sorgen, dass das Mädchen professionelle Hilfe bekam. Wenn sie die Ereignisse aus der Vergangenheit eingeholt hatten, war es möglich, dass sie – wie schon damals – nun wieder selbstmordgefährdet war. Das durften sie nicht zulassen. Dringend musste sie hierfür auch das Vertrauen des Mädchens gewinnen. Das angebotene 'du' schien der erste Schritt zu sein.

»Vorsichtshalber werden wir dich in New York behalten müssen, wobei das FBI für sämtliche damit verbundenen Unkosten aufkommen wird. Unter Umständen brauchen wir mehr Informationen vor Ort«, log sie das Mädchen an.

Leider darf ich dich nicht gehen lassen, weil ich Angst um dich habe, entschuldigte sie sich in Gedanken für die fehlende Aufrichtigkeit.

»Meine Kollegin, Raffaella Bertani, wird schon dafür sorgen, dass wir eine vorübergehende Bleibe in New York finden.«

Und sie ist eine großartige Psychologin, die sich auf die Arbeit mit Opfern spezialisiert hat, ergänzten ihre Gedanken.

»Außerdem bekommst du vorsichtshalber Personenschutz. Man weiß nie, wozu es gut ist.«

»Oh …« Lucy schaute herzzerreißend traurig.

Wie kann man dieser jungen Frau etwas Schlimmes antun?, fragte sich Estrella.

»Ich könnte mich vielleicht erinnern, wenn du mich hypnotisierst? Im Studium habe ich von dieser Methode gehört. Funktioniert das wirklich so gut? Und kannst du das vielleicht?«, fragte Lucy plötzlich.

»Nein«, erwiderte Estrella schneller, als ihr lieb war. Doch die Idee war phänomenal.

Ein schlaues Mädchen bist du!, dachte sie.

»Das heißt … Ich habe es schon wahnsinnig lange nicht mehr gemacht. Aber im Prinzip kann ich es. Es war ein Teil meiner Ausbildung.«

»Dann probieren wir es doch einfach.« Lucy schien mehr Vertrauen zu Estrella zu haben als die Ermittlerin selbst in ihre Fähigkeiten.

Estrella überlegte.

Im Grunde gar keine so schlechte Idee. Und vielleicht kann ich ihr damit helfen? Zumindest einen Versuch ist es wert.

»Wir könnten es tatsächlich versuchen!«, sagte sie unentschlossen. »Hast du sowas schon einmal gemacht?«

»Nein.« Lucys Gesicht erhellte sich. »Aber im Fernsehen gesehen.« Dann lächelte sie. »Los! Das Leben des Jungen ist in Gefahr, nicht wahr? Und solche Methoden haben schon oft zum Erfolg geführt. Ich möchte es versuchen.«

»Ähm … Okay?« Diesmal hatte sich Estrella mit dieser Idee selbst überrumpelt. »Möchtest du sitzen oder liegen?«, fragte sie, während ihre Gedanken bereits um die Vorbereitung der Sitzung kreisten. *Ich bin zwar eingerostet, doch lange nicht eingerastet. Ist bestimmt wie Fahrradfahren.*

»Im Sitzen«, kam es so prompt und entschieden, dass Estrella instinktiv erahnte, wie viel Arbeit Raffaella mit der neuen, selbstbewussten Patientin haben würde. Offensichtlich gab es im Leben des Mädchens nur Verdrängung, um die Vergangenheit zu bewältigen. Sich im Liegen zu entspannen, setzte sehr viel Vertrauen voraus.

Dennoch war es nicht besonders schwer, Lucy Robinson in einen Zustand der Trance zu versetzen. Einige Minuten nach ihrer einleitenden, beruhigenden Vorbereitung atmete das Mädchen bereits ganz ruhig. Estrella beschloss, dass sie nun eine Reise ins Unterbewusste beginnen würde, und gab Scott, der im Nebenraum zusah, ein Zeichen, dass er die Aufzeichnung starten konnte. Im Wesentlichen ergänzte Lucy in der Hypnose ihre frühere Aussage durch bestimmte Gerüche oder Geräusche, die sie nicht bewusst wahrgenommen hatte. Es war eigentlich nichts Aufregendes, das sie irgendwie weiterbringen würde. Und je mehr sie an die Vergewaltigung herankamen, desto angespannter erschien das Mädchen. Es hatte ganz offensichtlich viel Angst.

»Dann machte er die Tür des Wagens auf.« Lucys Stimme bebte vor Furcht. »Es wurde hell. Und diese Stimmen … Er wird mich jetzt holen. Hilfe. Er wird mich den Schweinen auf der Farm zum Fraß vorwerfen. Hilfe … Schweine, überall …Sie werden mich fressen …« Estrella erkannte, dass sie Lucy langsam zurückholen musste, um bleibende Schäden zu vermeiden, und ärgerte sich bereits, dass sie es allein versucht hatte. *Was ist, wenn ich zu weit gegangen bin?*

»Nun werde ich bis drei zählen«, sprach Estrella ruhig auf Lucy ein. »Wenn ich bei drei angekommen bin, wirst du aufwachen und dich entspannt und geborgen fühlen. Du vergisst, worüber wir in der Hypnose sprachen und wirst dich fühlen, als hättest du ganz ruhig geschlafen. Ich zähle.«

»Eins.«

»Zwei.«

»Drei.«

Estrella ließ dem Mädchen noch etwas Zeit, zu sich zu kommen und lächelte. »Na, wie fühlst du dich denn?«

»Gut. Ausgeschlafen«, entgegnete Lucy strahlend. »Und? Konnte ich helfen?«

»Ganz sicher! Wir werden es nun auswerten«, entgegnete Estrella, ohne wirklich sicher zu sein. Im gleichen Augenblick klopfte jemand an die Tür des Verhörraums. Noch ehe Estrella reagieren konnte, öffnete sich die Tür und eine attraktive Frau trat ein. Diesmal konnte Estrella ihre unbändige Freude nicht verbergen.

»Herrgott, siehst du gut aus!«, entfuhr es ihr, während sie aufstand, um die Besucherin zu umarmen.

Scott, du kannst Gedanken lesen!, rief sie ihrem Vorgesetzten in ihrer Fantasie gerührt zu, während sie die Fremde liebevoll umarmte.

»Lucy, darf ich vorstellen?« Estrella wollte den Moment nicht unnötig hinauszögern. »Das ist meine langjährige Freundin und Kollegin Raffaella Bertani. Sie wird sich ab sofort um dich kümmern. Und das ist Lucy.«

»Ich weiß.« Raffaella lachte. »Scott hat mir schon alles erzählt.« Wissend blinzelte sie Estrella zu und streckte ihre Hand Lucy entgegen. »Ich glaube, wir sollten zuerst etwas essen gehen. Nehmen wir Estrella mit? Was meinst du, Lucy?«

Das Mädchen lachte. Die schwarzen Schatten unter ihren Augen – ein Zeichen, dass es in der letzten Zeit nur wenig Schlaf bekommen hatte – verblassten für einen Augenblick.

»Na, ich weiß nicht …«, frotzelte Lucy.

Kapitel 21

Estrella brauchte diesmal nicht viel Zeit, um vom Verhörraum zum Büro zu gelangen, in dem sie ihre Kollegen vermutete. Raffaellas Einladung zum Essen abzuschlagen stimmte sie zwar missmutig. Nicht nur, dass sie Hunger hatte, eine ausgelassene Frauenrunde hätte ihr gerade gutgetan. Auch Lucy in die Obhut einer dem Mädchen fremden Frau abzugeben, widerstrebte der gewissenhaften Ermittlerin. Aber es gab gerade Wichtigeres als diese Nebensächlichkeiten ihrer Emotionen. Und Lucy war in den besten Händen, die man sich hätte vorstellen können.

Das Büro war leer. Estrella eilte zu ihrem Schreibtisch, beugte sich zu ihrer Schublade und nahm das Wasserfläschchen heraus. Das viele Reden hatte ihren Mund ausgetrocknet und sie verspürte Durst. Den Inhalt trank sie gierig aus und warf die leere Flasche in den Mülleimer. Dann machte sie sich sofort auf den Weg, ihre Kollegen zu suchen, um ihnen ihre neue Idee vorzustellen.

Als sie den Besprechungsraum betrat, schlug ihr eine eisige Stimmung entgegen, die sie nicht erwartet hätte. Selbst der sonst so beherrschte Scott wirkte, als hätte er den Tod gesehen. Eine Vorahnung überfiel Estrella, die sich wortlos hinsetzte.

»Soeben …«, klärte Angel auf, «… haben wir erfahren, dass Jesper Stark aus dem Krankenhaus entführt wurde. Von wem und wohin wissen wir noch nicht. Der Täter nutzte die Chance, als auf der Station der Schichtwechsel stattfand und die anderen Pflegekräfte noch mit der Essensausgabe beschäftigt waren.«

»Wie ist das möglich?«, fragte Estrella perplex.

»Er muss die Vorgänge im Krankenhaus beobachtet haben. Und die geplante Verlegung von Jesper Stark war kein großes Geheimnis, weshalb es ohnehin niemandem aufgefallen wäre«, erklärte Scott das Ergebnis der bisherigen Überlegungen des Teams. »Aber es reichte nicht aus, bei dem Aufwand, den man rund um Jesper Stark getrieben hatte. Der Täter MUSS sich im Krankenhausbetrieb auskennen. Und er muss unauffällig genug sein. Einige Pflegekräfte gaben an, dass sie tatsächlich einen Mann sahen, der sich nach der Verlegung von Jesper erkundigt hatte. Er wirkte sehr freundlich und interessiert und vermittelte ihnen einen professionellen Eindruck. Und da die Frage der baldigen Verlegung im Raum stand, wunderte es niemanden, dass ein Pfleger danach gefragt hat, denn so wurde er beschrieben. Das muss der Täter aus den Nachrichten erfahren haben.«

Alle Anwesenden im Raum wussten, was das bedeutete. »Er wird Jesper zwingen«, sprach Estrella die grausame Befürchtung aus, »seinen Bruder zu töten, um 'das Werk' zu vollbringen.«

»Wenn der Junge den Transport überhaupt überlebt. Er war noch nicht über den Berg«, erwiderte Josh.

»Darum sind wir dabei«, übernahm wieder Scott, »aus den uns in diesem Zusammenhang bekannten Orten und Lucys Informationen ein genaueres geografisches Profil zu erstellen. Nach dem Vergleich zu Lucys Verschwinden, ihrem Fundort, der Gegend, in der potentiell Ruby und Liam Bishoff verschwunden sein könnten, kommen wir zu dem Ergebnis, dass der Ablageort für die Bishoffs ein Ausreißer ist. Wobei die offensichtlich erste Tat – die an Lucy - ausschlaggebend ist. Der Täter kennt sich dort aus.«

»Die Strafe«, Estrella wiederholte scheinbar zusammenhangslos die Worte, die ihr aus der Unterhaltung im Theatre Row Diner geblieben waren, »die Kain für seine Tat von Gott erhielt, war, dass seine mit Blut beschmutzten Felder keinen Ertrag mehr gaben und er zu einem heimatlosen Wanderer verdammt wurde, den Gott dennoch nie wieder verließ. Er begleitete Kain Zeit seines Lebens.« Sie machte eine kurze Pause, bevor sie fortfuhr: »Der Täter hat seinen Kain – also Jesper Stark - nie verlassen. Er ist ihm bis ins Krankenhaus gefolgt. Und ich hätte es wissen müssen!«

»Wovon zum Teufel sprichst du?«, fragte Scott entgeistert.

»Nicht wichtig.« Estrella fiel wieder ein, warum sie es eben noch so eilig hatte. »Es sind Erkenntnisse von meinem bisher schlechtesten Date überhaupt. Von einem Brunch mit dem seltsamen Hausarzt meiner Mutter. Wie viel von Lucys Erzählung habt ihr eigentlich mitbekommen?«, fragte sie plötzlich.

»Ähm …« Scott schien nicht sicher. »Zwischendurch habe ich Raffaella angerufen, die sich noch vor dem Mittag bereit erklärt hat, dem Mädchen zu helfen. Da war ich natürlich kurz abwesend. Und dann, als der Anruf aus dem Krankenhaus kam, bin ich hierher geeilt. Somit habe ich natürlich nicht alles mitgekriegt. Aber wir haben es digitalisiert, oder? Ich kann es mir gleich anhören. Wobei das, was sie unter Hypnose erzählte, sich in sehr vielen Punkten mit dem deckte, was wir bereits aus den Aufzeichnungen gleich nach der Entführung kannten.«

»Wir mussten die Hypnosesitzung unterbrechen, weil es Lucy nicht gut ging«, fuhr Estrella fort, aber ihre Augen leuchteten dennoch seltsam zufrieden. »Bei der nächsten Sitzung, sofern es noch eine geben wird, werden wir an der Stelle beginnen, als das Mädchen an den Ort ihres Martyriums kam… Und haltet euch fest! Es war AUF EINER FARM! Und zwar einer mit vielen Schweinen.«

»Ich verstehe nicht …«, stammelte Bryan.

»Lucy«, Estrella wurde deutlicher, »erinnerte sich unter Hypnose daran, dass sie auf einer Farm gewesen ist, und dass es dort ganz viele Schweine gab.«

»Verdammt!« Scott spürte, wie sich schlagartig sein Adrenalinspiegel erhöhte, wie jedes Mal, wenn sie eine heiße Spur verfolgten. »Wo, wenn nicht auf einer Farm, kann man einem Menschen in aller Ruhe einen Teil seines Brustkorbs rausschneiden?«

»Ja«, bestätigte Angel. »Der Täter verfügt mit Sicherheit über etwas anatomisches Wissen, weil er Schweine schlachten oder zumindest dabei zusehen musste. Doch woher hat ein, sagen wir 'einfacher Bauer', eine Vorstellung davon, wann im Krankenhaus der Schichtwechsel stattfindet? Denn die Art, wie Jesper Stark entführt wurde, kann kein Zufall sein, oder?«

»Nein.« Es deprimierte Scott, dass ihre bisher so schlüssige Überlegung sich wieder als abwegig entpuppte.

»Vielleicht war jemand dauerhaft krank in seiner Familie?« Bryan gab hingegen nicht auf. »Und dadurch war er öfter im Krankenhaus, sodass er mit den Vorgängen vertraut ist?«

»Das kann natürlich sein.« Josh gab sich skeptisch. »Aber würdest du als Bauer darauf achten, wann jemand seinen Dienst antritt? Zumal seine Gedanken von anderen Sorgen beherrscht sein durften – wie die Tierfütterung zum Beispiel. Ich denke, er kam mit dem Krankenhaus irgendwie intensiver in Berührung … Wie auch immer.«

»Lucy erzählte in der Hypnose«, mischte Estrella sich ein, »dass er ihre Wunden versorgt hat. Das macht instinktiv nur jemand, der das beruflich auch tut. Vielleicht ein Arzt? Oder Veterinär? Letzteres würde für die Anwesenheit von Schweinen sprechen. Was mir noch einfiel … Bei ihr zeigte der Entführer Anzeichen einer Psychose. Er sagte, kurz nachdem sie auf dieser Farm angekommen waren, das Vaterunser auf. Und hin und wieder tauchte ein christliches Motiv bei der Erzählung ihrer Geschichte auf.«

»Als ich letztens«, überlegte Josh McMelma laut, »das Internet auf der Suche nach Anleitungen zum Bau einfacher Bomben durchsuchte, fiel mir ein simples Verfahren auf. In einem Artikel wird dem Leser erzählt, wie er aus Ammoniumnitrat und ein paar harmlosen Gegenständen Sprengkörper bauen kann. Der Clou war eine Erklärung, ohne Aufsehen zu erregen an große Mengen von Ammoniumnitrat zu gelangen. Und dieses Wissen ist für jedermann frei zugänglich«

»Und wie soll das gehen?«, fragte Angel interessiert, obwohl sie damit vom ursprünglichen Thema abgekommen waren. »Im Chemieunterricht war ich nicht wirklich gut«, sagte sie entschuldigend.

»Ich habe mich zunächst auch erkundigen müssen«, stellte Josh fest. »Früher gab es diese chemische Verbindung in größeren Mengen in Düngemitteln – also in der Agrarwirtschaft. Oder auch in Unkrautvernichtungsmitteln. Mittlerweile ist der Inhalt im Düngemittel stark verdünnt und wird mit harmlosen Stoffen wie Kalk angereichert. Aber Ammoniumnitrat sorgte bereits für zahlreiche Explosionen; wobei sich die letzte vor etwa einem Jahr ereignete. Bei einem Unfall im chinesischen Tijanjin sind Hunderte von Menschen getötet und verletzt worden.«

»Wenn unser Täter Zugang zu solchen Düngemitteln beziehungsweise Unkrautvernichtungsmitteln hat oder hatte, dann könnte er sich einfach so eine Bombe bauen. Zumal es die chemische Analyse bestätigt hat.« Scott übernahm das Wort. »Das wäre doch gar nicht so abwegig, wenn man jahrelang eine Farm betrieben hat, oder?«

»Und wenn der Betrieb groß genug ist, würde eine große Bestellung nicht mal auffallen«, antwortete Josh mit Überzeugung. »Zwar wird das Zeug beim Erhitzen explosiv und man braucht viel Glück, um das unverletzt zu schaffen … Mit einer Anleitung könnte das jedoch selbst ein Schulkind hinbekommen.«

»Okay, Leute …« Scott unterdrückte die aufsteigende Nervosität. Sein Bauchgefühl sagte ihm, dass sie nah an der Lösung des Falls waren. Nun hing das Leben der Stark-Brüder von der Arbeitsgeschwindigkeit seines Teams ab. »Langsam. Josh, du suchst mit Estrella und Angel nach einer großen Farm oder einem Schweinemastbetrieb. Ihr fangt in der Nähe des Fundorts von Lucys Damenrad an – an der Fahrbahn der I-380 - und arbeitet euch entlang des geographischen Profilings vor, während mir Bryan hilft, ein S.W.A.T.-Team zusammenzustellen und einzuweisen. Mit jeder Sekunde, die uns verlorengeht, schwinden die Chancen, Jesper und Nathan Stark lebendig zu finden. Also, an die Arbeit!«

*****

Einige Minuten später gab Josh McMelma bereits alle relevanten Daten ins System ein, während Angel nach Betrieben suchte, die sich auf die Herstellung und/oder den Vertrieb von Düngemitteln spezialisiert hatten. Doch bereits bei der Vorauswahl wurden sie von der Anzahl der Daten erschlagen.

»So kommen wir nicht weiter!«, sagte Estrella aufgeregt zu ihrem Kollegen, als sie eine Liste von mehr als fünf Seiten sah. »Was passiert, wenn du als Verknüpfung sowas wie Krankenpfleger oder Pflegepersonal angibst?«

»Er gibt mir Fehlermeldungen«, entgegnete Josh. »Diese Datenbank ist wohl nicht dafür ausgelegt, solche Verknüpfungen herzustellen.«

»Und 'Schizophrenie', 'Verfolgungswahn'?«, schlug Estrella vor.

»Das gleiche Problem.«

»Na gut«, grübelte die Ermittlerin. »Kommst du vielleicht an die Daten von registrierten psychisch Kranken in der Region, in der wir das Fahrrad fanden? Das heißt, dass wir uns dort orientieren müssen.«

Es dauerte etwa zehn Minuten, bei denen Josh angestrengt auf den Bildschirm starrte, während seine Finger an der Tastatur entlangglitten, als hätte diese keine Erhöhungen. Bis eine weitere Liste erschien. Diesmal war der Datensatz etwas kürzer.

»Kannst du beides miteinander vergleichen?«, fragte Estrella voller Bewunderung für Joshs Fähigkeiten.

»Längst geschehen. Kein Treffer«, entgegnete ihr Kollege entrüstet.

»Okay, anders …« Estrella überlegte kurz. »Weite doch die Suche aus. Wir suchen alle Betriebe – von groß bis klein und auch die stillgelegten. Und dann vergleichen wir es nochmal.«

Diesmal war die Anzahl der Datensätze nicht mehr zu überblicken. Estrella schaute nur, wie die Namen der Besitzer im Sekundentakt wechselten.

»Haben wir jetzt Übereinstimmungen?«, fragte sie, während der Computer noch auswertete.

»Ja …« Josh klang aufgeregt. Eine Liste von etwa zehn Namen. »Frauen und Männer in verschiedenem Alter.«

»Bei Schizophrenie wird die erste depressive Episode häufig durch belastende Lebensereignisse ausgelöst«, führte Estrella ihre Gedanken laut fort. »Kannst du das Datum 10.09.2016, also den Tag des Attentats, eingeben?«

»Wieder kein Treffer!«

»Okay, dann machen wir es anders. Kannst du es mit einem beliebigen Datum von August und September verknüpfen?«, bat Estrella, während die Finger ihres Kollegen erneut über die Tastatur glitten.

»BINGO!«, schrie er auf. »Tatsache! Nur ein einziger Treffer. David Hanson, geboren 1969. Seine Mutter starb am 03.09.2016. Sie besitzen eine kleine Farm in Gouldsboro - in Pennsylvania - mit Schweinezucht. Ich wechsle mal die Datenbank, okay?«

Josh tippte den Namen ein. »Ich hab's! Kleine Delikte… Als Junge fiel er durch aggressives Verhalten auf. Es gibt mehrere Einträge über fehlende Schulbesuche. Einige Vermerke über Spuren von Misshandlungen des jungen Davids, allerdings keine polizeiliche Anzeige. Als Ursache gab das Kind damals an, von Gott bestraft worden zu sein.«

Josh stutzte. »Deutlich krimineller erscheint mir aber der Vater zu sein: Drogendealer, Strafanzeige wegen Körperverletzung – davon ein halbes Dutzend von der Mutter. Wurden aber alle wieder zurückgezogen. Allerdings ist der Vater 1976 verstorben. Todesursache: Selbstmord durch Ertrinken. Da war sein Sohn etwa sieben Jahre alt.«

»Alt genug, Gewalt bewusst zu erfahren und zu jung, um sich wehren zu können«, sagte Estrella traurig. »Immerhin hatte das Kind irgendwann seine Ruhe – als der Vater starb. Das ist nicht jedem dieser armen Seelen vergönnt.«

»Naja«, Josh schaute erschrocken auf den Bildschirm, »wenn man den Aufzeichnungen der Polizei Glauben schenken kann, brachen die Misshandlung und fehlenden Schulbesuche nicht im Todesjahr des Vaters ab, sondern verstärkten sich eher noch.«

»Was?« Estrella konnte es kaum glauben. »Findest du ein paar Informationen über die Mutter des Jungen?«

»Ich suche es raus.« Diesmal dauerte die Recherche deutlich länger. »Keine sonstigen Vorstrafen. Sie scheint sehr gläubig gewesen zu sein, war bis zu ihrem Tode Mitglied einer christlichen Gemeinde. Sie setzte sich dafür ein, 'Kinder im christlichen Geiste zu erziehen und von der Sündhaftigkeit der menschlichen Fortpflanzung zu befreien'.« Josh zeigte ihr die entsprechende Textpassage in einer lokalen Gemeindezeitschrift.

»Der Schlag soll mich treffen, wenn das nicht unser Mann ist!«, sagte Estrella mit einer kaum zu bändigenden Energie. »Lass uns das sofort Scott zeigen!«

Kapitel 22

Dunkelheit lag über der kleinen Schweinefarm in Gouldsboro wie eine schwarze, weiche Decke. Nur wer genau hinsah, konnte im schwachen Licht der Sterne erkennen, dass sich Schatten an der Hauswand vorbeischlichen, um dann unweit der Bleibe von David Hanson in der Finsternis zu verschwinden.

Die einzige Quelle von warmem, gelblichem Licht bildete eine Lampe im Hausinneren, die bereits vor Ankunft der Spezialkräfte des FBI brannte, ohne zu verraten, für wen. Die in schwarze Tarnschutzwesten gekleideten Personen schlichen so leise ums Haus, dass selbst die zahlreichen Schweine nicht mehr als sonst quiekten, nachdem der Hund, die einzige Gefahrenquelle, mit einem Schuss niedergestreckt worden war. Lediglich die S.W.A.T-Aufschrift leuchtete in weißen Farben, wobei sie an der Brust von einem jederzeit zum Abschuss bereiten M4A1-Karabiner bedeckt war. Die Mitglieder der Spezialeinheit nahmen ihre zugewiesenen Plätze ein – ein Routineeinsatz, der jedem Beobachter Angst eingejagt hätte.

Bei einem der Übungseinsätze, die Estrella ehemals begleiten durfte, kam ihr der Gedanke auf, dass sie die Kollegen ohne diese Schutzkleidung niemals auf der Straße erkennen würde. Abgesehen davon, beim Einsatz das Geschlecht der Kollegen zu unterscheiden. Sowohl Männer als auch Frauen verschmolzen zu einer einzigen dunklen Masse, jederzeit bereit, ihre Kollegen zu schützen. Auch in diesem Fall.

Als die ersten Schatten endlich in der Dunkelheit versanken, erschienen weitere Kollegen, bereit, auf Abruf die Eingänge zum Haus zu stürmen. In einigen Schritten Entfernung vor dem Haus standen Scott, Estrella und Angel, ebenfalls in schusssichere Weste gekleidet. Sie würden das Haus erst nach den speziell für solche Zugriffe ausgebildeten Kollegen betreten. Eine Absprache, die bei fast jedem dieser Einsätze Gültigkeit besaß. Ein besonderes Augenmerk galt den beiden Geiseln, Jesper und Nathan Stark, die in keinem Fall verletzt werden durften.

»Bereit machen für den Zugriff!«, lautete der Befehl aus den Kopfhörern aller Beteiligten. Daraufhin liefen drei Kollegen zur Eingangstür des Hauses. Einer von ihnen trug eine Ramme. Angespannt wartete die Sondereinheit auf weitere Befehle. Das routinierte Zusammenspiel der Einsatzkräfte war für Außenstehende ganz sicherlich faszinierend. Betraf ein solcher Zugriff jedoch die eigene Person, so entfaltete er aufgrund des Überraschungselements eine lähmend-traumatisierende Wirkung.

Genau darauf spekulierten die S.W.A.T.-Einheitskräfte, wenn sie einen Angriff zur nächtlichen Stunde planten, wobei einundzwanzig Uhr sicherlich nicht die von allen gewünschte Zeit war. Am wenigsten Widerstand war in den frühen Morgenstunden zu erwarten, wenn sich die Verbrecher im sicheren Schlaf wähnten. Doch Jespers Gesundheitszustand ließ keine Verzögerungen zu.

Jetzt wurde es ernst. Die Einsatzleitung gab den Befehl für den Zugriff. Eine der Silhouetten klopfte an die Tür. »Sir? Hier ist die Polizei. Öffnen Sie die Tür.«

Als nach einigen Sekunden nichts passierte, rief jemand erneut: »Hören Sie? Öffnen Sie sofort die Tür!«

»LOS!«, lautete im nächsten Augenblick das Kommando. Keine Sekunde später brach die Tür unter der Wucht der Ramme einfach aus ihren Angeln. Fenster wurden kurzerhand eingeschlagen, und unzählige Menschen drangen in das bis dahin gemütlich wirkende Haus ein.

»Gesichert!«, schrie der erste der Spezialeinheit, und andere folgten ihm, während Scott mit den Ermittlerinnen nachrückte. Stets bereit, ihren Partner zu decken, hielt jeder von ihnen seine eigene 18er Glock vor der Brust. Doch wohin sie auch immer im Haus gingen, sahen sie nur die angespannten Blicke der S.W.A.T.-Team-Kollegen. Augen waren der einzige Körperteil, der nicht von dem schwarzen Stoff verhüllt war. Selbst ihre Hände steckten in Schutzhandschuhen.

»Auch hinten! Gesichert!«, schrie eine weibliche Stimme, bevor sie die erlösende Nachricht hörten, dass das Haus sauber sei.

»Garage, gesichert!«, drang es über die Kopfhörer des Intercoms. Erst jetzt fiel Estrellas Adrenalinpegel ein wenig ab. Alles war nun sicher. Nur nicht das Überleben der Stark-Brüder. Sie senkte die Hand mit ihrer Waffe. Von draußen drang das Quieken der aufgescheuchten Schweine an ihre Ohren. Sie fragte sich, ob die Tiere erst jetzt den Einsatz mitbekamen.

»Hier ist eine Tür! Hinter dem Haus«, rief plötzlich jemand von draußen. Knappe Kommandos bewirkten, dass sich mehrere Beamten auf den Weg zu dieser Tür machten. Die Suche nach weiteren Falltüren oder Hohlräumen im Inneren des Hauses wurde dennoch fortgeführt.

Scott rannte hinaus und kam zum gleichen Zeitpunkt an, als die Kollegen der Spezialeinheit scheinbar in der Erde verschwanden. »Sauber!«, rief jemand von unten. »Es ist ein Tierfutterspeicher. Kein Fenster. Kein Ausgang. Boah, wie es hier stinkt!« Noch ehe Scott an dem Erdloch angekommen war, konnte er den altbekannten Geruch ausmachen. Der fast unmerklich metallische Geruch des Blutes vermischte sich mit dem Geruch von Fäkalien und Verwesung.

»Das Haus ist wie ein Gruselkabinett aus den Siebzigern«, sagte Angel, die mittlerweile die Zeit genutzt hatte, sich weiter im Haus umzusehen. »Auf dem Tisch liegt die Heilige Schrift mit herausgerissenen Seiten. Ich wette, das Buch passt zu den Zetteln, die wir an beiden Tatorten fanden.« Scott erahnte dies ebenfalls. Doch diese Erkenntnis verlor an Bedeutung, nachdem sie erfuhren, dass sie David Hanson offenbar verpasst hatten.

»Das müsst ihr euch ansehen. In der Garage steht das Auto der Bishoffs«, schrie Estrella. »Nur von den Brüdern Stark und dem Täter selbst gibt es keine einzige Spur.«

Kapitel 23

Scott stand angelehnt an der Autohaube seines anmutig wirkenden pechschwarzen Chevy Suburban. »Die Fahndung nach dem Wagen des Flüchtigen läuft. Wir können jetzt nicht viel machen!«, sagte er sauer. »Nur weiß ich nicht, wie viel Zeit wir noch haben. Verdammt!« Auch wenn die S.W.A.T. –Einsatzkräfte am Einsatzort immer noch in abwartender Stellung ausharrten, verriet ihre Haltung, dass sie ruhiger geworden waren.

»Wir sind vermutlich nur etwas zu spät!«, mutmaßte Angel traurig. »Während wir hier mit den besten Einsatzkräften, die das FBI zu bieten hat, mitten in der Nacht im Wald herumhocken und nichts tun können, ist David Hanson irgendwo mit seinem Kleinlaster unterwegs. Wer weiß, ob die Brüder noch leben? Die Arbeit eines Ermittlers kann manchmal so richtig scheiße sein!« Alle schwiegen. Es war ein deprimierender Augenblick.

»Die Strafe …«, Estrella durchbrach plötzlich die Stille, »… die Kain für seine Tat von Gott erhielt, war, dass seine mit Blut beschmutzten Felder keinen Ertrag mehr gaben und er zu einem heimatlosen Wanderer verdammt wurde, den Gott dennoch nie wieder verließ«, wiederholte sie die Worte von Julien Burnsfield erneut. Ihr Gesicht erhellte sich bei dem Gedanken. »Wir wissen nicht viel, aber wir wissen, dass er das Werk vollbringen möchte, oder?«

»Was in Gottes Namen redest du da?«, fragte Scott, der es mittlerweile unheimlich fand, wie oft Estrella Bibelverse aufsagte.

»Versteht ihr WIRKLICH nicht?«, rief Estrella aufgeregt, während sie gleichzeitig die Nummer der BAU wählte, an deren Ende sie Josh und Bryan erwartete.

»Jungs, hört mal zu«, bat sie aufgeregt und richtete es so ein, dass die anderen mithören konnten. »Überprüft bitte schnell, ob Mrs. Hanson mal Ackerland besaß, das vielleicht brachliegt. Oder verpachtet oder sonst was. Wir können euch jetzt alle hören, okay?« Als Antwort folgte lediglich das gewohnte Geräusch der betätigten

Tastatur. Josh wollte offenbar keine Zeit für Nebensächlichkeiten verschwenden.

Langsam leuchtete es auch Scott ein. »Verdammt! Das ist es! Du bist genial! Natürlich! Er will sich an die Bibel halten, und dennoch braucht er einen Platz, den er kennt.«

Plötzlich meldete sich Josh am Hörer.

»Ja, die Familie der Mutter von David Hanson war früher recht vermögend. Sie vererbte einige Grundstücke an ihre alleinige Tochter Holly Hanson, deren Geburtsname laut Unterlagen Thompson lautete. Offenbar ging es mit der Familie bergab. Ein Jahr nach dem Tod ihres Ehemannes schien die Familie derart viele Schulden zu haben, dass sie das letzte Grundstück verkaufte - ein großes Stück Land in Gouldsboro. Aber auch die Schweinefarm scheint maßlos überschuldet zu sein, wenn man die Anzahl der Hypotheken sieht. Wenn es so weitergeht, wird David Hanson auch dieses Grundstück verlieren.«

»Wo ist das Land?«, schrie Scott dazwischen, während er dem Leiter der S.W.A.T.-Kräfte zuwinkte. Sie würden ein paar Polizisten vom derzeitigen Einsatzort abziehen müssen.

»Die Adresse ist raus«, rief Josh nicht minder aufgeregt. Doch das interessierte seine Kollegen nicht mehr, weil sie bereits eilig in den Chevy einstiegen, in dem Wissen, dass die Adresse soeben auf ihren Displays erschien.

*****

Den weißen Sprinter zu sehen, fiel den Ermittlern nicht sonderlich schwer, wenn man wusste, wo er zu suchen war. Der Fahrer hatte sein Fahrzeug hinter den Bäumen abgestellt, als wollte er es nur notdürftig verstecken. Die hintere Klappe schien offen zu stehen, wenn man das aus ihrer Entfernung richtig beurteilen konnte.

Auch wenn man die Kennzeichen niemals hätte erkennen können, waren die Ermittler sicher, dass es sich um das gesuchte Fahrzeug handelte. Um nicht aufzufallen, schalteten sie die Scheinwerfer ihrer Fahrzeuge aus und parkten sie in sicherer

Entfernung. Auf keinen Fall wollten sie unnötig auf sich aufmerksam machen.

Zunächst war es so still, dass ihnen das Blut bei dem Gedanken an die Brüder Stark in den Adern gefror. Estrella beobachtete, wie die Kollegen vom Sonderkommando leise wie Schatten aus dem Wagen ausschwärmten. Sobald sie in der Dunkelheit der Nacht verschwunden waren, verließen auch die Ermittler mit entsicherten Waffen den Chevy – auf absolute Stille bedacht.

Man konnte keine Bewegung wahrnehmen.

Leise schlichen sie in Richtung des geparkten Sprinters, als sie die Handzeichen der Sondereinheit erkannten. Der Wagen war offenbar leer. Die Schatten wechselten in Richtung der Bäume, die in eine Art Wald hineinführten.

Von der Sonne erleuchtet, erscheint die Stelle wie ein Kinderspielparadies, dachte Estrella. *Es ist wie ein geheimer Wald – von außen vor den Blicken der Erwachsenen geschützt und voller Klettermöglichkeiten. Damit werden unsere Ninjas kein Problem haben, unauffällig zu bleiben.*

Aber nicht nur die vereinzelten Bäume boten ihnen Schutz für ihre Suchaktion. Die Tatsache, dass der Mond lediglich als winzige, zunehmende Sichel sichtbar war und somit wenig Licht spendete, war ihr größtes Glück. Zwischendurch nach Halt suchend, um auf den heruntergefallenen Blättern der Laubbäume nicht auszurutschen, arbeiteten sie sich alle in den Wald hinein – auf der Suche nach David Hanson.

Diesmal verlief die Verfolgung weniger kontrolliert, was die Zusammenarbeit des S.W.A.T.-Teams und der BAU-Kollegen betraf. Sie verzichteten auf die Benutzung der Headsets, zumindest solange sie den Verdächtigen nicht sichten konnten. Und dennoch schien die Verfolgung auch ohne Kommunikation wie abgesprochen abzulaufen, was Scott gelegentlich an den Handzeichen der von ihm immer wieder wie aus dem Nichts erscheinenden Figuren erkannte.

Estrella konnte nicht sagen, wie lang dieser Marsch durch den Wald dauerte, bevor sie endlich die Lichtung sahen. Leise schlichen sie auf diese zu. Links und rechts davon postierten sich bereits die Polizisten hinter den Bäumen. Die Ermittler bekamen durch Handzeichen den Befehl, es genauso zu tun.

Nun war von dem Wald nicht mehr viel zu sehen. Da erblickten sie ein großes Flachland, auf dem zwei Gestalten reglos auf der Erde lagen. Man hätte die Liegenden aus der Entfernung für zwei Säcke Kartoffeln halten können. Wie Tierfutter.

Doch es waren Menschen.

Für einen Augenblick konnte man nur den leichten Herbstwind wahrnehmen, der leise in den Blättern rauschte. Sie mussten geduldig warten, um den Täter nicht zu verscheuchen. Vermutlich kannte er sich in diesem Wald hervorragend aus. Selbst in der Dunkelheit.

Ihre Nerven waren bereits zum Zerreißen gespannt, als sie eine männliche Stimme auf sich zukommen hörten.

»Es kommt vor, dass Menschen das Göttliche erfahren«, sagte der Mann fröhlich. »Es kommt vor, dass Gott für den Auserwählten die Pforte öffnet. Der Auserwählte wird dann ein Teil von Gott …«

Dann wiederholte er es von vorn.

Immer wieder, während seine Schritte immer näher kamen. Plötzlich hörten die Ermittler in der Luft über sich einen Hubschrauber kreisen. Das Geräusch brachte die Gestalt dazu, wie angewurzelt stehen zu bleiben.

Diesen Moment der Verwirrung würde das S.W.A.T.-Team sich zunutze machen, war sich Estrella sicher. Und genauso kam es auch. Eine der Silhouetten erhob, vom Lärm der Rotorblätter unbeeindruckt, die Finger in die Luft. Ein Zeichen für den sofortigen Zugriff …

»Keine Bewegung!«, schrie Scott, als er den Mann sah. Erst jetzt erkannte er, dass die Zielperson seltsam verhüllt war. »Hände hoch! David Hanson, Sie sind umstellt.« Als sich der Mann immer noch nicht zu rühren schien, wiederholte er seine Aufforderung: »Ich will Ihre Hände sehen! SOFORT!«

Langsam hob der Mann mit der Sensenmannmaske die Hände in die Höhe, als Scott bemerkte, dass er in der einen etwas versteckte. »Werfen Sie die Waffe weg, sonst schieße ich!«, schrie er. »Los!«

David Hanson lockerte die Faust, und ein großer Stein fiel mit einem dumpfen Geräusch zu Boden. Zwei S.W.A.T.-Kollegen brachten die Zielperson daraufhin zu Fall und legten ihr Handschellen an. Der Hubschrauber war bereits auf dem Feld gelandet, während sich die Beamten mit erhobenen Waffen den liegenden Körpern näherten. Bis zum Beweis des Gegenteils mussten auch diese vorerst als Bedrohung eingestuft werden.

Scott drehte David Hanson um. Mit einem Ruck zog der Ermittler die Sensenmannmaske herunter, um endlich die Fratze des Bösen dahinter zu sehen. Doch was er sah, war lediglich ein verschüchterter, glatzköpfiger Mann im mittleren Alter, dessen Gesicht mit Furchen übersät war – vermutlich das Ergebnis einer unbehandelten, schweren Akne im Kindesalter.

»Ich kann keinen Puls fühlen!«, rief einer der Männer, der sich über einen der leblosen Körper gebeugt hatte, in das Mikro seines Headsets.

Im gleichen Augenblick sprang ein Notarzt aus dem Hubschrauber. Seine Bekleidung in leuchtenden Signalfarben bildete einen starken Kontrast zu der Dunkelheit der Nacht, die lediglich von dem bläulichen Lichtkegel des Einsatzhubschraubers unterbrochen wurde.

Nun musste es schnell gehen.

Estrella rannte, so schnell sie konnte, zu den auf der Erde liegenden Körpern, in der Hoffnung, vielleicht behilflich sein zu können.

»Hier kann ich leider nichts mehr tun«, hörte sie den Arzt sagen, während sie eines der Opfer erreichte. Der Arzt stand auf und rannte zu dem anderen Körper. In diesem Moment wurde Estrella bewusst, wie fehl sie am Platz war. Nein, sie war nicht dafür geschaffen, Mediziner zu unterstützen. Ihr Platz war bei dem

Abschaum der Menschheit. In diesem Fall bei einem seelisch Kranken.

Nun liegt euer Leben nicht mehr in meiner Hand, sondern in der des Allmächtigen. Falls es ihn gibt, dachte sie und drehte sich um. Langsamen Schrittes kehrte sie wieder zu Scott zurück, der bereits David Hanson abführte, während er ihn über seine Rechte aufklärte.

»Ein schwacher Puls ist zu erkennen. Wir fangen mit der Stabilisierung an!«, hörte sie den Arzt im Gehen sagen. »Verdammt, ich verliere ihn!«

Der Job der Ermittler war getan. Der Rest lag nicht mehr in ihrer Hand.

EPILOG

Gerichtssaal, NYC
Montag, 13.03.2017, 6:30 Uhr,

Es war einer der wenigen Tage, an dem Estrella Fernández an ihrem arbeitsfreien Tag zu früher Stunde bereits auf den Beinen war. Denn sie wollte David Hansons Anhörung nicht verpassen.

Als die Türen des Gerichtssaals geöffnet wurden, nahm sie in der ersten Reihe Platz und legte ihren Mantel absichtlich so hin, dass sie damit noch Platz für mehrere Leute reservierte. Mittlerweile konnte man den Frühling in New York riechen. Estrella nahm sich vor, ihren morgendlichen Lauf auf die Abendstunden zu verlegen.

Es wird ein harter Tag werden, überlegte sie schwermütig.

Der Gerichtssaal verriet nichts von der Leichtigkeit des Frühlings. Die weißen Wände standen in einem starken Kontrast zu dem Richtertisch, hinter dem sich ein nach oben zugespitzter Schrank befand. Er sah wie ein großer Turm aus Kolonialzeiten aus, zumal das Holz mit seinen Verzierungen stark an die Vergangenheit erinnerte. Nicht nur der massive Schreibtisch der Richter, sondern auch jede einzelne Tür war mit dunklem Holz ummantelt, was die Ernsthaftigkeit dieses Ortes unterstrich. Links neben dem Schreibtisch befand sich die amerikanische Flagge, als würde man den Besucher erinnern wollen, welches Recht in diesem Raum vertreten wurde. Neben der Tür befand sich eine simple Wanduhr, die mit Nüchternheit darauf aufmerksam machte, wie kostbar die Zeit war.

Vor dem richterlichen Schreibtisch befand sich ein Rednerpult, wie Estrella es bereits aus der Studienzeit kannte. Nur dass die Richtung eine andere war. Statt sich dem Publikum zuzuwenden, wie es in den alten Universitätssälen der Fall war, galt die ganze Aufmerksamkeit den Zeugen und dem Richter. Im besten Falle auch den Geschworenen, die rechts davon in einem separaten Abteil Platz nahmen. Beim Plädoyer würden sich die Anwälte ausschließlich der rechten Seite zuwenden, um das Plenum zu überzeugen.

Rechts neben der Jury würde der Pflichtrechtsbeistand mit dem Angeklagten an einem kleinen Tisch sitzen; links davon der Staatsanwalt mit den Nebenklägern.

Für viele dieser Menschen würde es ein normaler Arbeitsalltag werden.

Nur für Lucy und Jesper nicht.

Kaum dachte sie an die beiden, schon erschienen sie mit Raffaella Bertani in der Tür. Ein kurzes Lächeln huschte über Raffaellas Gesicht, als sie die Ermittlerin sah - für einen so winzigen Augenblick, dass Estrella schon dachte, sich getäuscht zu haben.

»Schön, dass du da bist«, sagte Raffaella leise und umarmte ihre Freundin zur Begrüßung. Die Schwere der Schuld hing in der Luft wie ein dichter Nebel und raubte den Betroffenen die Luft zum Atmen. Estrella umarmte auch Lucy und Jesper. Doch diesmal entgegneten sie es nicht wie sonst immer. Ganz offensichtlich spürten sie, dass sie die Albträume ihrer Vergangenheit heute wieder einholen würden.

In der Geisterbahn ihrer Vergangenheit, in der ihre Wunden erneut aufreißen würden, konnten ihnen weder Estrella mit all ihrer Erfahrung beim FBI, noch Raffaella – bei der sich die beiden mittlerweile in Therapie befanden – helfen. Wieder würden diese jungen Menschen den Trip in die Abgründe des Bösen machen – nur von einem Holzstuhl des Gerichtssaals aus.

Doch diesmal wollten sie es.

Mittlerweile füllte sich der Saal mit unterschiedlich interessierten Menschen, die eine einzige Frage beschäftigte. Das allgegenwärtige: warum?

Da alle schwiegen, nutzte Estrella den Augenblick, sich umzusehen. Ganz hinten, in der rechten Ecke, konnte sie ein Gesicht erkennen, das so verweint war, dass sie nicht für einen Augenblick daran zweifelte, Rubys Mutter erkannt zu haben. Sie saß in Begleitung einer anderen Frau, doch nicht der Schwägerin. *Vermutlich ein psychologischer Beistand, nachdem sie alle Einzelheiten erfahren hatte*, mutmaßte Estrella und nickte kurz mit dem Kopf. Doch die Frau starrte ins Leere.

Ein paar Reporter, ein paar Interessierte … Doch keiner dieser Menschen war so mit dem Fall verbunden wie die Opfer und diejenigen Personen, die dem Täter im Licht des Mondes bei seiner Verhaftung in die Augen gesehen hatten.

Wie beiläufig betrat die Staatsanwaltschaft den Raum. Aber auch auf der rechten Seite füllte sich der Saal mit den Geschworenen, deren Gesichter Estrella bereits aus eigener Anhörung vertraut vorkamen. Jung, alt, blond, brünett, hellhäutig, dunkelhäutig – querbeet war alles dabei.

Nun war die Zeit, dass der Angeklagte den Raum betrat – in Begleitung seines Pflichtverteidigers. Dabei war der Rechtsanwalt das hundertprozentige Gegenteil zu seinem Mandanten: jung, dynamisch, gutaussehend. Alles Attribute, die hinter den nüchternen Wänden eines Gerichtssaals wie deplatziert wirkten.

Als David Hanson die Eingangstür zum Saal passierte, verstummten die Gespräche mit einem Mal. Die bei jeder Verhandlung vorhandene Grundlautstärke wich einer künstlich herbeigeführten Ruhe, die eine hohe Erwartung in sich trug. Dennoch war es jedem im Saal klar, dass der Mann, der Lucy entführte und vergewaltigte, mit einer Bombe menschliches Leben in Gefahr brachte, und Nancy Bishoff den Mann und die Tochter nahm, maximal als vermindert zurechnungsfähig dieses Gebäude wieder verlassen würde.

Ob Nathan Stark, der infolge einer Blutvergiftung an Sepsis verstarb, ebenfalls dem Mordopferkonto von David Hanson zugerechnet werden würde, war lange noch nicht entschieden. Diese Überlegung hing stark davon ab, ob man eben Nathans Tod als Folge der Entführung sehen würde. Und wie stark man den ehemaligen Sanitäter in der Pflicht sah, rettende Maßnahmen hätte einleiten zu müssen.

Vielleicht wird der Rechtsanwalt auf Totschlag oder 'nicht schuldig' plädieren, überlegte Estrella. Es war die Musik der Zukunft, doch das Martyrium der Verhandlung stand Jesper Stark und seiner Familie noch bevor.

Schweren Herzens erinnerte sich Estrella an jene Nacht auf der Lichtung, im November, als der Notarzt bei Jesper einen schwachen Puls ertasten konnte. Erneut war dieser junge Mann dem Tod entkommen, und nun stand er seinem Peiniger gegenüber. *Was wird er denken? Was fühlen?*, ging es ihr durch den Kopf. Unauffällig schaute sie zur Seite. Dabei fiel ihr auf, dass Jespers Finger die von Lucy umklammerten.

Wie zwei Schiffbrüchige auf hoher See, dachte sie mit einem Schimmer von Hoffnung, dass sich diese zwei Menschen für immer gefunden haben könnten. Sie taten sich gut; das sah man auf den ersten Blick.

Estrella wünschte ihnen, dass es für immer so bleiben würde.

Plötzlich wurden die Anwesenden gebeten, sich zu erheben. Der Richter betrat den Saal und nahm hinter dem massiven Schreibtisch Platz, was den Anfang der Verhandlung bedeutete. Die Anwesenden taten es ihm gleich.

Einige Zeit später verlas der Gerichtsdiener den zu verhandelnden Tatbestand. Für Estrella klang alles so surreal, als das, was sie am Tatort gesehen hatte, in reine Amtssprache gekleidet wurde. Es klang so wenig grausam …

Die Gefühle, die sie empfunden hatte, als sie den Angeklagten zum ersten Mal auf dem Boden sah – neben ihm die Sensenmannmaske, die Lucy vor über einem Jahr so viel Angst eingejagt hatte, verschwanden im juristischen Jargon aus Schuldzuweisungen und deren Entkräftigung. Bilder von Tatorten, die die Ermittler jeden Tag auf ihrer Pinnwand begrüßten und an die Fratze des Bösen erinnerten, hatten in ihrer grausamen Form, in der sie Leid verursachten, keinen Zugang in die Gerichtssäle. Was hier zählte, waren der Tatbestand und konkrete, emotionsbefreite Vorwürfe.

Ob Lucy damals weniger Angst gehabt hätte, wenn sie gewusst hätte, dass dieser Mann 'nur' sein hässliches, gezeichnetes Gesicht damit verdecken wollte?, fragte sie sich selbst. Auch in diesem Fall verlor das Böse an zerstörerischer Kraft, sobald es ein Gesicht bekam. Das Gesicht eines mittelmäßigen, schizophrenen, glatzköpfigen Mannes, der fortwährend mit dem imaginären Geist seiner Mutter sprach.

»Die Rechtsanwaltschaft ruft Dr. Herold in den Zeugenstand. Seit der Verhaftung kümmert sich dieser Psychologe um den Angeklagten.«

Der leicht untersetzte Richter, den Estrella bereits aus ihrer Vernehmung kannte, nickte bestätigend.

»Schwören Sie bei Gott dem Allmächtigen und Allwissenden, dass Sie nach bestem Wissen die reine Wahrheit sagen und nichts verschwiegen werden?«, fragte der Richter mit monotoner Stimme.

»Ich schwöre es, so wahr mir Gott helfe«, antwortete Dr. Herold und hob die rechte Hand zur Bekräftigung dieses Schwurs.

»Dr. Herold, beschreiben Sie bitte dem Gericht, in welcher Position Sie zu dem Angeklagten, David Hanson, stehen«, bat der Pflichtverteidiger.

»Ich bin sein behandelnder Psychologe und wurde vom Gericht bestellt, um die Schuldfähigkeit des Angeklagten zu überprüfen«, erwiderte der Psychologe, nachdem der Pflichtverteidiger in knappen Worten seine Qualifikation für den Fall skizziert hatte.

»Dr. Herold, Sie haben sich mit dem Angeklagten ausgiebig beschäftigt. Wie verlief seine Kindheit?«, fragte der Pflichtverteidiger mit einem Blick in Richtung der Jury.

»Einspruch, Euer Ehren!«, rief der Staatsanwalt und stand vor Aufregung auf.

»Abgelehnt«, entgegnete der Richter. »Herr Staatsanwalt, lassen Sie uns etwas Licht in das Leben des Angeklagten bringen.«

Verärgert setzte sich der Staatsanwalt wieder.

»Nun«, begann Dr. Herold und spürte, wie sich die Aufmerksamkeit der Anwesenden auf ihn richtete. Dass im Saal die Opfer des Angeklagten der Anhörung beiwohnten, zwang ihn dazu, seine Worte vorsichtig zu wählen. »Mein Patient, David Hanson … Der Angeklagte … «, korrigierte er sich schnell, »… wurde 1969 als Sohn eines alkoholkranken Bauarbeiters«, für den Namen musste der Psychologe in seine Notizen sehen, »… und einer deutlich älteren, stark religiösen Frau geboren. Bis zum Schulalter fehlt meinem Patienten die Erinnerung, doch es gab Anzeichen schwerer psychischer Misshandlung durch den Vater …«

»Einspruch!«, schrie der Staatsanwalt noch lauter als beim ersten Mal. »Hörensagen!«

»Stattgegeben«, wiederholte der Richter und wandte sich an den Psychologen. »Bitte beschränken Sie sich nur auf Fakten.«

Dr. Herold nickte. »Es gibt Aufzeichnungen über aggressives Verhalten im Schulalter und darüber, dass das Schulpersonal sich darüber beklagte, dass der Angeklagte sehr oft der Schule fernblieb. Auf meine Nachfrage bestätigte mein Patient, dass nach dem Tod seines Vaters seine Mutter die schulische Erziehung übernahm, um – wie er behauptete - 'die Kinder von der verdorbenen Umwelt abzuschotten'. Sofern sich mein Patient an seine Kindheit erinnern kann, wurde ihm fortwährend die 'Sündhaftigkeit der menschlichen Fortpflanzung' seitens seiner Mutter gepredigt. Wobei ich zu bedenken gebe, dass sich die Negativsymptome der manifesten Schizophrenie meines Patienten wie beispielsweise Alogie, also die Fähigkeit zum differenzierten Sprachgebrauch, mittlerweile stark verfestigt haben, wodurch seine Aussagen vorsichtig zu werten sind.«

»Wie kann ich mir das konkret vorstellen?«, fragte der Pflichtverteidiger, als er Unverständnis in den Gesichtern der Jurymitglieder sah.

»Nun …« Dr. Herold überlegte kurz. »Ich gebe Ihnen ein Beispiel. Die Mutter war eine sehr gläubige Person, die ihrem Sohn jeden Tag für mehrere Stunden aus der Bibel vorlas, daher sein beeindruckend umfassendes Repertoire einzelner Textpassagen.

Als sie aber eines Tages ihren Sohn beim Onanieren erwischte, was der 'normalen' Entwicklung eines Jugendlichen entsprach, erklärte sie die Begleitumstände der Pubertät – im Falle des Angeklagten eine schwere Akne – als 'Gottes Bestrafung für schmutzige Gedanken, die ihm ab sofort von Gott ins Gesicht geschrieben wurde'. Mein Patient zeigte mit dem Eintritt ins Erwachsenenalter bereits akute psychotische Symptome, die nach dem Tod seiner Mutter zu einem Schub geführt haben.«

»Zum derzeitigen Zeitpunkt keine weitere Fragen«, sagte der Pflichtverteidiger lässig und registrierte, wie beherrscht der Staatsanwalt seinen erneuten 'Einspruch' unterdrückte, um den Richter nicht unnötig zu verärgern. Ihnen standen noch mehrere Verhandlungstage bevor. Aufgrund der Schwere der begangenen Taten würde er erreichen können, dass dieser Mann nie wieder aus der geschlossenen Anstalt herauskäme. Alle Zeichen standen gut, dass sich der Richter auf eine Sicherheitsverwahrung ohne Aussicht auf Freilassung einlassen würde.

*****

Gegen etwa achtzehn Uhr betrat Estrella Fernández in Begleitung ihrer Freundin und Fachkollegin das dem Gerichtssaal nächstgelegene Diner. Den mühsamen Tag im Gerichtsgebäude sah man ihnen an. Gleichzeitig aber auch die Freude, etwas gemeinsame Zeit zu verbringen. Der Hunger trieb sie direkt an die kleine Bar, an der sie ohne lange zu wählen zwei einfache Burger bestellten.

»Was glaubst du, wird mit ihm passieren?«, fragte die Ermittlerin und dachte dabei an David Hanson, dessen Vernehmung die für heute einkalkulierte Zeit deutlich überschritten hatte.

»Tja, werden wir sehen«, entgegnete Raffaella mit einem Schulterzucken. »Aber der Staatsanwalt ist großartig. Wie auch immer das Urteil ausfällt: David Hanson wird die Psychiatrie nie wieder verlassen. Schizophrenie ist gut behandelbar, wenn auch nicht heilbar. Unfassbar, dass eine Mutter ihren Sohn zu einer inzestuösen Beziehung zwingt. Danach haben ihn sämtliche Mädchen abgewiesen – wie auch Lucy.«

»Ich frage mich immer noch, wie es möglich war, dass er seine Krankheit so gut vor uns verstecken konnte … Wir hätten auch Nathans Leben retten können, wäre er nicht so gut darin gewesen, seine Spuren zu verwischen.«

»Laut des Gutachtens«, warf Raffaella ein, »war er recht intelligent. Und bevor die Krankheit sich ernsthaft manifestierte, war er fähig zu planen. Sei doch froh, dass es so geendet hat. Es wird selten passieren, dass ihr Täter derartig schnell erwischt.«

»Der Tod der Mutter scheint einen starken Schub der Krankheit ausgelöst zu haben.«, stellte Estrella traurig fest. »Dadurch wurden so viele Existenzen zerstört … werden sich die Opfer jemals davon erholen?«

»Rose Kennedy sagte einst: *'Man sagt, die Zeit heile alle Wunden. Dem stimme ich nicht zu. Die Wunden bleiben, doch mit der Zeit schützt die Seele den gesunden Verstand und bedeckt ihn mit Narbengewebe, und der Schmerz lässt nach, aber er verschwindet nie.'* Daran glaube ich. Kennst du noch das junge Mädchen, Zoey Andrews, das später in den Medien den Beinamen 'Puppenbraut' bekam?«

»Stimmt«, Estrella überlegte, »Doreen hat geholfen, das Mädchen zu finden, oder?«

»Ja, genau. Dank Doreens Hartnäckigkeit bei der Suche nach dem Mädchen«, winzige Fältchen erschienen um Raffaellas Augen, als sie über ihre Lebensgefährtin sprach. Es ließ sie liebevoll-erfahren aussehen, »… Zoeys starkem Charakter und meiner kleinen Hilfe bei der Verarbeitung dieser traumatisierenden Zeit, gelang es uns, dass sie heute eine selbstbewusste Mama eines kleinen Babys geworden ist. Klar gibt es noch wenige Momente, die sie an die Vergangenheit denken lassen. Doch damit hat sie gelernt umzugehen.«

»Wie Lucy es eines Tages auch tun wird?«, fragte Estrella.

»Lucy ist eine tolle Frau«, erwiderte Raffaella, »die noch nicht begriffen hat, wie stark sie tatsächlich ist. Wir werden gemeinsam diesen Weg gehen.«

»Sie … und Jesper?«

»Es ist dir also auch aufgefallen?« Nun grinste Raffaella. »Ich glaube, zwischen den beiden gibt es ein starkes Band. Das ist gut so. Ich hoffe, es hält ewig, denn sie brauchen sich jetzt gegenseitig.«

»Sehe ich das falsch, wenn ich sage, dass David Hanson in gewisser Weise Lucy das Leben gerettet hat?« Diese provokante Frage brannte der Ermittlerin schon lange auf der Zunge.

»In gewisser Weise … hast du recht.«.

Sie schwiegen.

»Und?« Estrella wechselte das Thema. »Wie geht es euch? Wie geht's Doreen? Und was macht eure Tochter Cassy?«

»Haha«, alberte Raffaella. »Als du meine Praktikantin warst, war dein Eifer nach Informationen nicht so stark ausgeprägt«, sie blinzelte, »nein, Cassy ist schon dreizehn und ähnelt mir mittlerweile sehr. Aber was den sturen Kopf betrifft, ähnelt sie eher Doreen, als wäre sie und nicht ich die biologische Mutter. Unsere Tochter will wie ihre zweite Mutter Journalistin werden. Wir versuchen es ihr auszureden, aber Cassy ist das egal.«

»Ist das kein guter Job für euren Sturkopf?« Während Estrella ihre Freundin noch zufrieden ansah, registrierte sie, wie sich die Miene der Psychologin mit einem Mal verdunkelte. »Habe ich etwas Falsches gesagt?«

»Nein«, schaute nun Raffaella sorgenvoll. Ihre Leichtigkeit war wie weggewischt. »Seit unser neuer Präsident die Medien derart hart angeht und als Lügenpresse beschimpft, ist es schwer in diesem Job geworden. Zumal sich Doreen so stark in der Politik engagiert. Manchmal habe ich richtig Angst um sie, wenn sie zum Beispiel an Protesten teilnimmt … Nicht immer läuft alles friedvoll ab. Und es schafft natürlich auch Spannung zwischen uns beiden. Sorry, ich belaste dich unnötig … Als wäre der Tag nicht schon schlimm genug gewesen.«

»Nein, tust du nicht.« Estrella streichelte liebevoll den Arm ihrer langjährigen Freundin. »Manchmal ist der Teufel weniger gefährlich, wenn man seine Fratze sieht.«

»Wollen wir das wirklich tun?« Raffaella wechselte bewusst das Thema. »So wie ganze Kerle.

»Ja, wie ganze Kerle!«, erwiderte Estrella mit einem gierigen Blick auf die riesigen Burger, die die Barfrau gerade herangetragen hatte. »Wir sind doch keine schwachen Weiber, Baby!«, fügte sie hinzu und biss genüsslich in das mehr als reichlich belegte Brötchen.

In eigener Sache

Es gibt viele Menschen, bei denen ich mich bedanken könnte, doch ich möchte Sie, lieber Leser, nicht langweilen. Jeder Mensch, der selbständig arbeitet, weiß, wie wichtig die Liebe und die Unterstützung der eigenen **Familie** *und der engsten Freunde für die tägliche Arbeit ist. Ich habe die toleranteste und beste Familie der Welt.*

Einen ganz, ganz lieben Dank möchte ich meinen **Lektoren**: *der großartigen, lieben Elke Krüßmann, und meinem allerbesten Freund: Aaron K. Archer. Für das tolle Cover ist diesmal Aaron antwortlich. Er ist der geduldigste, der schnellste und der beste Mensch, den es auf dieser Erde gibt. Du hast mal wieder einen fantastischen Job gemacht!*

Doch was wäre das beste Buch der Welt, ohne seine **treuen Leser**?

Nichts!

Daher gilt der größte Dank meinen Lesern, die mir ihre kostbare Zeit schenken, um meine Geschichte zu lesen. Ohne euch alle gäbe es dieses Buch nicht!

Einen herzlichen Dank dafür!

Liebe/-r Leser/-in,

Die hier dargestellten Personen entspringen voll und ganz meiner eigenen Fantasie. Ebenfalls deren Beziehungen und sämtliche dargestellten Sachverhalte. Die Grundideen basieren jedoch auf wahren, wenn auch verfremdeten Gegebenheiten.

Ihre Rezension dieses Buches würde mir sehr helfen, weitere Leser zu erreichen. Auch, wenn ich mich nicht explizit bedanke, so kommt jede einzelne davon bei mir an.

Vielen Dank dafür,
Ihre May Brooke Aweley

Drei Fragen an May B. Aweley

In meinem ersten Buch mit dem Titel **»Puppenbraut«** *entstand die Idee, mit meinen Lesern bei einem imaginären Gläschen Wein über die Arbeit zu plaudern. Gerade habe ich mein Manuskript beendet und wollte mich der Beantwortung der mir häufig gestellten Fragen widmen.*

»Wie kommst du auf die Ideen? Was in deinen Büchern ist 'echt'?«

Auf diese Frage antworte ich immer gern: Meine Ideen sind echt. Aber natürlich habe ich nicht so viel Fantasie, in alle Abgründe der menschlichen Psyche zu schauen. Da bediene ich mich gern wahrer Vorfälle, die ich so umändere, dass sie in ein typisches May-Buch passen. Im Falle des vorliegenden Buches hörte ich einst, dass sich ein Mädchen das Leben nehmen wollte und dann von einem Serienkiller entführt wurde. Ich war wie besessen von der Idee für »Erlöse uns« und erfand Lucy, das tapfere Mädchen.

Ganz oft lasse ich mich einfach inspirieren und danke meinen Eltern dafür, dass sie mich mit so viel Fantasie »ausgestattet« haben.

»Warum treiben sich Autoren in sozialen Netzen herum, anstatt sich die Zeit fürs Schreiben zu nehmen?«

Diese Frage wurde mir tatsächlich gestellt. Sie ist nicht unberechtigt, wenn man den Schreibprozess nicht kennt. Zum einen vertreiben viele Autoren – wie ich auch – ihre Bücher vom Verlag unabhängig, was uns gewisse Vorteile bietet. Das bedeutet aber auch, dass wir die Leser irgendwie erreichen müssen – was einen großen Teil unserer Arbeit ausmacht. Zum anderen suchen wir gern Kontakt zu unseren Lesern, um ihre Wünsche, Bedürfnisse zu verstehen, damit wir dem unsere Bücher anpassen können. So erkannte ich zum Beispiel, dass der heutige Leser sehr an Politik interessiert ist und dachte mir, warum nicht ein wenig Zeitgeschehen in meine Bücher einflechten? Auf diese Idee käme ich ohne meine Präsenz in den Social Media nicht.

Last but not least … Wir erfinden Geschichten für den Leser. Und jeder kreative Prozess erfordert kleine Pausen, um neue Ideen zu generieren. Jeder von uns weiß, dass es nichts Besseres gibt, um gute Idee zu haben, als ein gemeinsames Mittagessen mit netten Kollegen in der Kantine. So ähnlich funktionieren die heutigen Medien. Und sie bieten noch einen Vorteil: Der Autor mit einer zündenden Idee kann sich zurückziehen, ohne dass sich sein Gesprächspartner zurückgewiesen fühlen muss. Denn wenn ich schreibe, bin ich ein ungenießbarer Lebensgenosse. ☺

Warum dauern bei dir Bücher so lange?

Diese Frage kommt selten, aber sie kommt vor. Wenn ich meine Freunde und Familie befrage, kommt sie sogar umgekehrt an - mit einem: Du bist schon wieder fertig?

Ja, wie kommt es?

Auch das hat mehrere Ursachen – speziell in meinem Fall. In der Regel versuche ich ein bis zwei Bücher im Jahr zu schreiben und werde bei dieser Frequenz bleiben. Die erste Ursache ist, weil ich mich neben meiner Autorentätigkeit auch als eine gute Ehefrau und Mutter versuche, was mir mit nicht mehr als zwei Büchern recht gut gelingt. Was der Leser selten weiß – in der heißen Phase (meist die letzten Kapitel) schreibe ich recht intensiv; manchmal zehn Stunden am Tag. Das muss mein Umfeld aushalten können.

Eine weitere Ursache ist, dass ich vor jedem Buch intensiv recherchiere, um meinen Lesern ein qualitativ gutes Buch anbieten zu können. Um zu wissen, wie ein Schizophrener reagiert, muss ich die Krankheit in allen Details kennengelernt haben. Sonst wird mein Protagonist nicht 'vollständig'. Meine Recherchen nehmen mir manchmal schon drei Monate, was man den Büchern vielleicht nicht direkt anmerkt. Doch ich versuche immer, dass sich die Protagonisten so verhalten, wie es ihnen aufgrund der Gegebenheiten möglich ist. Ohne Recherche geht es gar nicht, meiner Meinung nach.

Ein weiterer Grund ist, dass sich die Begleitumstände des Schreibens ändern. Was bedeutet das? Nun, meine Bücher spielen alle in New York. Es ist nicht deshalb, weil ich diese Stadt oder Amerika besonders mag, sondern weil das FBI und NYC einen besonderen »Zauber« entfalten. Dort ist die Fantasie grenzenlos – anders als unser BKA und Sonderkommissionen, über die ein Korsett aus Bürokratie gestülpt ist.

Ob berechtigt oder nicht, möchte ich nicht spekulieren. Das weiß ich nicht. In jedem Film, jeder Serie wird uns suggeriert, wie frei das FBI agieren kann, und diese Sichtweise nutze ich gern für meine Bücher. Wenn sich allerdings die politische Lage in der literarischen Wahlheimat zum Schlechteren ändert, muss ich mir natürlich zumindest den Gedanken machen, ob es immer noch ein interessantes Thema für meinen Leser ist.

Nun ist mein imaginäres Glas Wein, das ich mir zur Feier des Tages genehmigt habe, leer – ebenso wie meine Gedanken.

Dennoch fühle ich mich glücklich, weil ich einen weiteren Schritt vorangekommen bin. Morgen beginnt ein neuer Tag, an dem ich mein Manuskript an meine Lektorin weiterreichen werde, damit es Sie schnellstens in Form eines interessanten Buches erreicht.

Und übermorgen wird eine neue Idee geboren. Vielen Dank.

MAY B. AWELEY

DER ANGST HEILER

THRILLER

Er beobachtet seine Opfer genau.
Er erschleicht sich ihr Vertrauen.
Wenn sie sich am sichersten fühlen, werden ihre schlimmsten
Albträume wahr ...

Das Leben der Profilerin Angel Davis gerät gänzlich aus den Fugen, als sie einen wichtigen Einsatz vermasselt. Sie wird suspendiert. Während sie versucht, ihr Leben wieder in den Griff zu bekommen, ahnt sie nicht, dass sie sich bereits im Visier eines Psychopathen befindet.

Wird sie ihre größte Angst besiegen und eine neue Liebe finden?

Ein nervenaufreibendes Katz-und-Maus-Spiel beginnt, doch die Zeit wird knapp ...

Ein Psychopath.
Ein Spiel.
Fünf tote Mädchen.

Als Sophie Pritchard ihre Wohnung verlässt, um einen Unbekannten zu treffen, ahnt sie es nicht.

Sie wurde bereits zum Opfer eines grausamen Spiels auserwählt, das das FBI-Team an den Rand des Erträglichen bringt.

Denn irgendwo, tief im Wald, beginnt mit ihr die Jagd auf blutjunge Frauen.

FSC
www.fsc.org

MIX

Papier aus ver-
antwortungsvollen
Quellen
Paper from
responsible sources

FSC® C105338